モンスターハンター
“M.S.S Project×ファミ通文庫”
コラボノベル
天地カオスな狩猟奏《カルテット》

eoheoh《エオエオ》

あろまほっと
KIKKUN-MK-Ⅱ《キックンマークツー》
FB777《エフビースリーセブン》

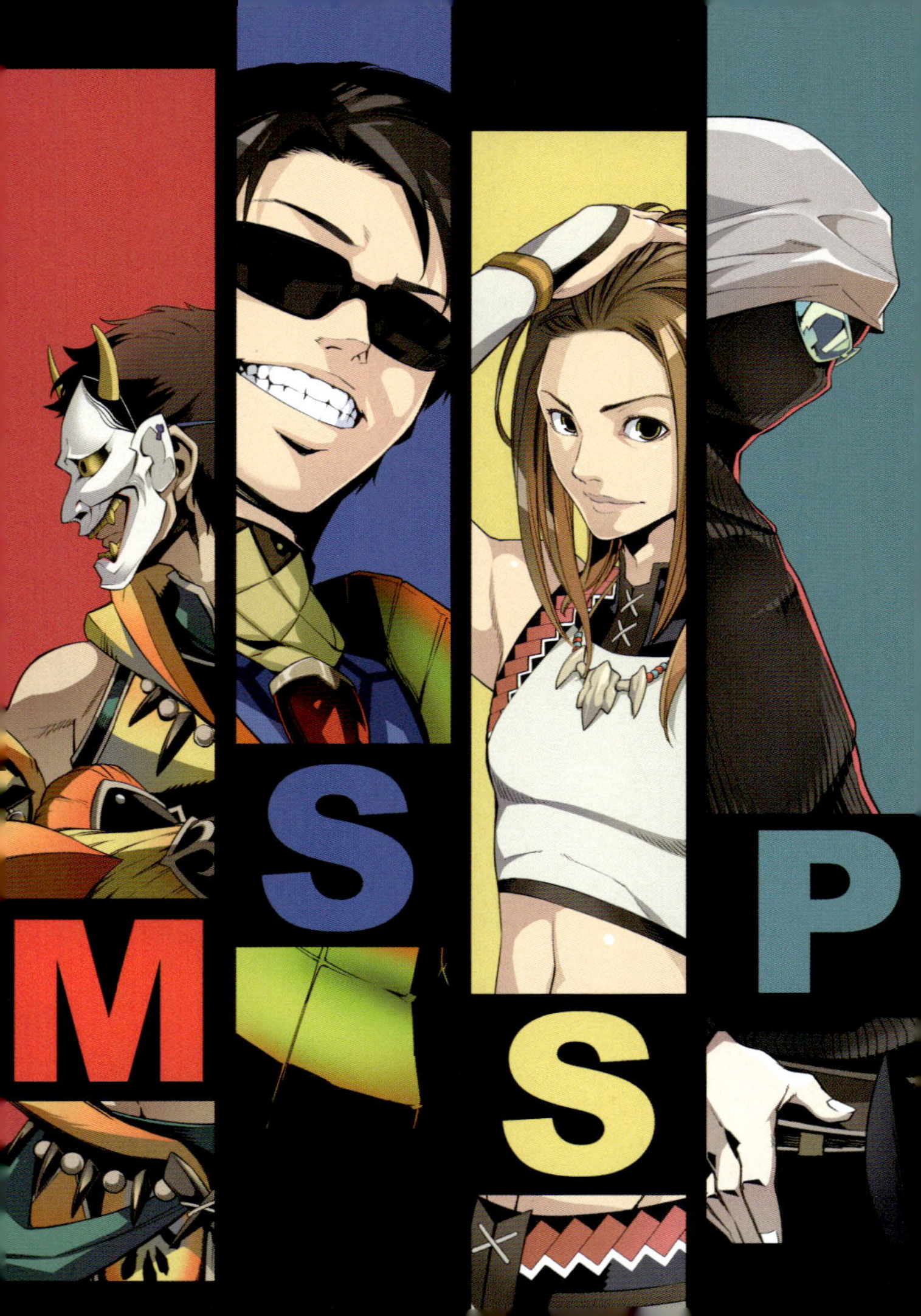
M
S
S
P

モンスターハンター
“M.S.S Project × ファミ通文庫”コラボノベル
天地カオスな狩猟奏《カルテット》

M.S.S Project with 氷上慧一

FB
Famitsu Bunko
ファミ通文庫

モンスターハンター
“M.S.S Project×ファミ通文庫”
コラボノベル
M.S.S PROJECT COLLABORATION NOVEL FAMI TSU BUNKO
天地カオスな狩猟奏《カルテット》

CONTENTS

イラスト／布施龍太

プロローグ

1

空の上から、眩《まばゆ》い陽光が降り注いでいた。

天からの恵みを余すことなく浴びた大地には、豊かな植物が生《お》い茂《しげ》っている。

その周囲には外を見通すことができないほどの木々の群れ。

そこは深い森の中にある、アイルーの額《ひたい》ほどの広さの草原であった。

――のしり、のしり。

ゆっくりと、しかし並々ならぬ重量を感じさせる足音を立てて、何かが近づいてくる。

灰色の体、その背は大きく山のような曲線を描く。大きな体を支える四本の脚は短く、全体的にずんぐりした、そして優しげな印象を漂わせるモンスター――アプトノスだった。

非常に大人しく、また飼いならすことも簡単なアプトノスは、人間との共同生活でも様々な場面で見かけることができる。

ゆったりと歩くアプトノスは一頭だけではなく、数頭の大人と子どもで群れを作り、豊富に生える草を食《は》みはじめた。

草は草食竜《そうしょくりゅう》達に食べられ、
そして――。

突如、強い風が吹き、アプトノス達は一斉に頭上を見上げた。

風に、ではなく、それ以外の何か、を感じたのだ。

「ウモォ、モォォォ」

アプトノスは仲間同士に警告するように、口々に鳴き声を上げる。そして巨体を揺さぶり逃げ惑いはじめた。

頭上。

影が差す。

生い茂る木々をその翼が巻き起こす強烈な気流で押しのけるようにして、それは現れた。

最初に目につくのは赤。

紅葉《こうよう》というより、炎の赤である。

巨大な翼を広げ、長い首と尻尾《しっぽ》を持つそれは、空の王者――リオレウスと呼ばれ恐れられているモンスターだった。

赤い巨体が頭上からアプトノスに飛びかかる。

まずは鋭い脚の爪が逃げ遅れた一頭を捕まえた。自らの巨体の重量を活《い》かし地面に押しつけるようにして拘束する。

アプトノスも文字通り命がけで暴れ逃れようとするが、リオレウスは巧みに体重移動をしびくともしない。

草は草食竜に食まれ、草食竜は肉食の飛竜《ひりゅう》に食《く》われる。残酷までに明確に線引きされた食物連鎖《げんじつ》。

そんな命のやりとりでこの世界は満ち満ちていた。

その姿を、草原から一歩森の中へと入った岩の陰で固唾《かたず》を飲んで見守る者達がいた。

数は四人。

いずれも青年である。そして狩猟《しゅりょう》や採取で得られる素材を材料として作る武器や防具を身に帯びていた。

ハンターと呼ばれる人間である。

一人は黄色から緑を経《へ》て赤に向かう、美しいグラデーションに彩られた防具を身につけていた。背中から体の前側まで、両肩を花弁のような特徴的な装甲が覆う、ガララS《エス》

シリーズと呼ばれる防具である。

その青年は、移動中だったためかヘルムをつけていなかった。くっきりとした精悍《せいかん》な顎《あご》のラインが外気に晒《さら》されたままになっている。ただ、目元は色の濃いサングラスをかけているためにうかがい知ることはできなかった。

携えている武器はガンランス。

碧《あお》い雷狼竜《らいろうりゆう》の堅殻《けんかく》を土台にし、そこから象牙色《ぞうげいろ》をした牙《きば》が生える。ガンランスと付属する盾《たて》が共通した意匠で造られたそれは、王銃槍《おうじゆうそう》ゴウライ改《かい》。

「あっぶねぇ」

青年は人知れず顔を引きつらせながらそう呟《つぶや》いた。

声は極力抑え、ほとんど口がその言葉通りに動いただけといった程度の小ささである。

左右を見やれば、他の三人も引きつった顔でそれぞれ岩や樹木、地面に体を押しつけるようにして隠れ、状況を見守っていた。

『よし、ここは黙ってやり過ごそうぜ』

仲間達にハンドシグナルで合図を出す。

『FB《エフビー》の意見に賛成』

そう返事をした二人目は、腹と両肩が露出《ろしゆつ》した身軽なケチャSシリーズをまとっている。こちらもヘルムは身につけず、ただしなぜかその代わりに般若面《はんにやめん》を被《かぶ》っていた。

背負っているのはハンマー。岩のような質感の、綺麗《きれい》な球状の鎚頭《つちがしら》に鋭い棘《とげ》がいくつも生えている。グラヴィトンハンマーだ。

『あろま、決断早いなぁ』

別の青年が般若面を被った青年をあろまと呼んだ。

その彼は重々しい防具を身にまとっていた。昆虫の素材をふんだんに使ったオウビートである。

本来は額《ひたい》から生えた、先端で二股《ふたまた》に分かれた立派な角が特徴的なヘルムがあるのだが、今はやはりそれを脱ぎ、代わりに奇妙なものを身につけていた。

ニットで編まれた覆面《ふくめん》である。これにサングラスで完全に顔が見えないようにしていた。むしろそこまでやって何故《なぜ》ヘルムを被らないのかという出《い》で立ちである。

彼が背負っているのは、その重々しい外見に反して小ぶりな片手剣《かたてけん》である。どこか毒々しい印象のある紫色の刀身にいくつもの棘が生えていた。

片手剣と対になっている盾には、さらに多くの棘が林立している。ア・ジダハーカと呼ばれる片手剣だ。

『エオエオはのんびりしすぎ』

あろまと呼ばれた青年はそう返す。

『そう、決断は早い方がいいぜ！　ここは大人しく、逃げるが勝ちだっ！』

最後の一人は、不思議な格好をしていた。

顔立ちは、中性的でもう少し背が低く華奢《きゃしゃ》なら女性と間違えかねないような整った作りをしている青年だ。長い髪を後ろで束ねるという髪型もまたその印象を強調していた。

そんな中性的な印象を払拭《ふっしょく》するために肉体美をひけらかしたい、というわけでもないのだろうが、彼は他の三人とは違って防具は着けていない。俗《ぞく》に言う、インナーだけという格好で背中に折りたたんだスラッシュアックスを背負っている。

深い青に、生物的な偏《かたよ》りがある緑色の模様が描かれていた。ディオスアックス改だ。

『だいたいだな！』

その彼はさらに何か言いたいことがあったのか、必要以上に大きなハンドシグナルを出そうとした。

――がん！

しかし大きく動かした腕を、側にあった岩にしたたかにぶつけてしまう。

「痛ぇっ!?」

見ているだけで叫びたくなるほどだったから、ぶつけた本人が思わず叫んでしまったのも無理はないだろう。

「きっくんの馬鹿、でかい声出すなっ！」

「そういうＦＢもな」

妙に冷静な、仲間からの突っ込みでFBは口をつぐむが既に遅い。

顔を上げると、視線の先にいたリオレウスは頭を持ち上げこちらをまっすぐ見ていた。

「「「やばいっ!」」」

「ガアアアァァァァァァァアアアァッ!」

慌ててその場から起き上がり、枯れ葉をまき散らしながら四人が走り出すのと、空の王者が新たな獲物に気づいて咆吼《ほうこう》を上げるのとはほぼ同時だった。

森の中は木々が密集している。

地面はうねり、所々で突然地中から木の根が突き出ている。

しかも分厚い枯葉の絨毯《じゅうたん》に覆われているせいで、一見平らに見えることがあるから始末が悪い。

そんな獣道ですらない茂みの中を、足を取られないように気をつけ、行く手を遮る大岩によじ登り、とにかく必死で走り続けた。

人間の体でこれなら、大型モンスターはさぞ難渋しているに違いない。

あるいは足止めされ、そろそろ逃げ切れたのではないか——そんな期待を込めて肩越しに後ろを振り返ると、そこには木々をなぎ倒し、大岩を小石のように押しのけ怒濤《どとう》のごとく一直線に追いかけてくるリオレウスの姿があった。

「どわあああぁぁぁぁぁぁぁあっ!?」

四人は悲鳴を上げながら森の奥へ奥へと、ひたすら逃げの一手に徹することしかできなかった。

2

既に夕暮れ。

今日の朝の予定では、とっくに目的の街について宿でひと息ついている頃である。そんな予定はどこへ行ってしまったのか、ＦＢ達四人はへとへとに疲れ果て、森の中の水場で座り込んでいた。

リオレウスからは、どうにかこうにか逃げ切った。

逃げ切るには逃げ切ったが、そこまでに四人は酷《ひど》い目に遭った。必死に逃げても追いかけてくる。地面に存在する障害物はその巨体で押しのけてどこまでも突き進んでくる。小回りが利きそうなＦＢ達の方が、まともに足止めされて思うように逃げられなかった。しかもそれで仕留められないと見るや、リオレウスはすぐさま翼を広げ上空高く舞い上がり、頭上から大きな火の玉を撃ち出す。

何発も頭上から炎のブレスを浴びせかけられ、このまま美味《おい》しい燻製《くんせい》にされてしまうのではと観念しかけること数度、それでもどうにか無事に逃げ切れたのは、ほとんど偶然としか言えない幸運だった。

　ぜぇぜぇと息は乱れきっていたが、リオレウスが側にいればその気配ぐらいはわかる。近くにはいない。

　……いないはずだ。

「しかし、こんなところでリオレウスと遭遇するなんて、ついてねぇ！」

　ＦＢがぼやくと、

「ほんとに」

　同じく地面に座り込んだエオエオが項垂《うなだ》れながら同意する。

「きっくんは寒そうだけど、というか、森の中を突っ切るのに枝に引っかけて見てるだけで痛そうなんだけど、エオエオはそんな覆面をつけてて本当に苦しくないのかといつも思う」

「うん、俺もそう思う」

　エオエオは、息を切らしながら自分でそう言った。

「思うならもうちょっとましな格好をしたらいいのに」

　あろまほっとも、力尽きて座り込みながらもしっかり突っ込んだ。

「お前もあんまり人のことは言えない気がする」

「なんだと、俺のはちゃんと口が開いてるから息はできるんだぞ！」

必死に反論する言葉に、ＦＢは「確かに！」とあっさり同意した。

「しかし！　俺達が本気になったら狩れたんじゃねぇのか！　むしろ助かったのは奴の方だ的な」

一人元気なのはもちろん、きっくんである。不敵に笑うきっくんに、あろまほっとはあきれ果てたようにかぶりを振った。

「いや、さすがに無理だし。狩猟の準備なんてしてなかったし、一人はまっ裸《ぱ》だし」

指摘され、きっくんはやおら立ち上がった。

「俺のせいかよ！　そもそも裸《ら》じゃねぇし、インナーだっつ〜の！」

「裸《ら》じゃねぇか」

「裸《ら》だよな」

口々に裸だ裸だと断言され、きっくんはふて腐れていた。

「じゃあ、どうするよ？　今日はもう、もう少し安全なところを探して野宿した方がいいんじゃね？」

今日中に到着予定だった街に向かうのはもう無理である。時間的にもそうだが、馬鹿正直に動き出して、せっかく逃げ切ったリオレウスに再会でもしたら目も当てられない。

その上、誰かと約束をしているわけではないのだから、ここは安全第一である。

「そうだな。……野宿するとして、次はどこに行く？」

「あれ、目的地変えるの？」

　ＦＢの意見に、エオエオが意外そうな声を出した。

「だって、元々今日中にたどり着けそうな、ってだけで選んだだろ？　んで、そこまで半分は来てるから、別の街も行動範囲に入ってくるわけだ」

「それ、名案かもよ。俺も実はぴんと来てなかったんだよな。もっと俺の！　有り余る！　冒・険・心！　を満足させてくれる街が、どこかにあるはずだからな！」

　きっくんが芝居がかった大げさな口調でそう言うと、ＦＢはまた出たよと苦笑を浮かべるだけですませていた。

「そうだ、ここまで来たらあの街に行ってみたいな」

「あの街？」

　勿体《もったい》つけたエオエオの言葉に三人が首をかしげる。

「そう、ドンドルマ！」

　それは、ハンターはもちろん、このあたりで生きている人間なら誰でも名前ぐらいは知っているあの有名な街のことである。

「なにぃ!?　ド、ド、ドンドルマ!?」

　有名であると同時に、ＦＢ達四人が最終的な目標としている街の名前でもあった。ドンドルマで一旗揚げることこそを目指し、今はまだ目的にたどり着くまでの途中なのである。もちろん物理的な距離ではない。

実のところ、これまで通りかかるだけならばドンドルマ近くの村や街道を通ったことはあった。その気になればちょっとした寄り道ですむような状況も何度もある。

それでも実際に街の中に足を運ぶ気持ちになれなかったのは、自分達が一旗を揚げるための準備ができていないからだ。まだ挑戦権を得ていない自分達が踏み込むのは、どこか気が引けたのである
「でもさ、別に見ておくぐらいはタダだしさ」

気楽な調子で言うエオエオに、他の三人は「確かに！」と大きく頷《うなず》いた。それに、こんなところで予定外の足止めを食う事自体、どこか運命じみている……ような気がしないでもない。

「それじゃエオエオ君の希望通り、ドンドルマに行くか～」

「面白いことがなかったらエオエオがみんなに夕飯奢《おご》るってことで！」

「なんでそうなるんだよ」

「いいじゃん、面白そうだから」

とりあえず目的が定まった四人は野宿の準備をはじめる。

足の向くまま気の向くまま。

ドンドルマに向かうと決めていても、明日の天気次第でまた別の目的地に変更するかもしれない。

楽しそうなことが待っていると感じたところに向かって四人は常に突き進んでいるのだった。

第一章　俺達、ドンドルマまで来ちゃったんですけど！

1

ここは、とても大きな街だった。

その規模がどれほどのものか、この街ではひと目で見渡すことができる。それは山間の地形を利用して数々の建物が立ち並んでいるからだ。

個人が住んでいる住宅もあれば、各種の公的な施設もある。

街のもっとも低い区画から見上げれば、首が痛くなるほど見上げる高い場所にまで何かの建物が並んでいた。

背にした山々を天然の城壁として、数々の大型モンスターを退けてきた一大都市。

必要以上に自然に手をつけず、人と自然との共存を目指して生み出されたのがこのドンドルマなのである。

街の大通り。その日も普段通りの賑《にぎ》わいを見せていた。

物売りの声が左右から飛び交う。行き交う人の様子は様々で、先を急ぐ人がいるかと思えば立ち止まって店先の商品を眺めている人もいる。

目的の店を探しているのか、あるいは欲しいものを少しでも安く買い求めようとしているのか、右に左に視線を彷徨《さまよ》わせながら歩いている人もいた。

そんな人の流れの隙間《すきま》を縫《ぬ》うようにして、彼は逃げる。

小柄で華奢《きやしや》な、まだ幼さの抜けきらない年頃の黒髪の少年だった。自らの幼さを厭《いと》うように、何処《どこ》か斜に構えた利かん気が垣間《かいま》見える。

たまにうしろを振り返ると、狭い場所を走り抜ける彼に、迷惑そうに見る視線が投げかけられていた。

ごめんなさい、と謝る余裕もなく、彼は前を向き直りさらに速度を上げて走り続ける。明確な計画はなかった。

ただ追いかけて来るものから逃げることしか頭になかった彼は、考えなく走り続けた結果、走りにくい雑踏の中から走りやすい方へ――つまりは人が密集していない方へと流れていく。そして最後は誰もいない、街外れの空き地で立ち止まった。

逃げ切ったわけではない、それ以上走り続ける体力が尽きてしまったのだ。

「はぁはぁ、マ、マキシ！　よ、ようやく諦《あきら》めたか！」

彼を追いかけてきたのは、三人の少年だった。いずれもマキシより一つか二つ年上に見える、大柄な体格の少年達だ。

「手間かけさせやがって!」

「ついでに、嘘《うそ》をついたって認めろよ!　何が黄砂色をした飛竜《ひりゅう》だ!」

息を切らせながらも、三人組は勝ち誇ってマキシに迫る。

「お、追いかけられたから逃げただけだ!　俺は嘘なんかついてないよ!」

それまで逃げ回っていたことも忘れて反射的に抗弁していた。

マキシは彼らにあることを教えたのだが、彼らはそれをまったく信用しようとせず、嘘だと決めつけて追いかけ回していたのだ。

他にも同年代の子どもはいるが、彼らも信じない。この三人はマキシが教えたあること、に興味があるのではなく、ただ嘘だと認めて大人しく謝罪する——つまり屈服させるために、しつこく追いかけ回してくるのだろう。

彼らは街の中でも喧嘩《けんか》っ早いと有名な三人組である。このまま強情を張っていたらつかみ合いの喧嘩になってしまうかもしれない。

「生意気な奴だな!」

暴力的な気配を感じて、マキシは再び走り出した。

「待てっ!」

三人が追いすがって来る。

うしろに注意を取られていたおかげで、前方への注意が散漫になっていた。そのせいで、前に現れた人影にはまるで気づかないまま突っ込んでしまう。

「どわっ！」

まともにぶつかった相手は、小柄とは言え全力で走っていたマキシと激突してあっさりとひっくり返ってしまった。

「いってぇっ!?」

頭が何か固い物とぶつかって、マキシは思わず両手で押さえてうずくまる。しかしより被害が大きかったのは相手の方だった。

なにせ、全力疾走の勢いが乗った頭突きを食らったようなものなのだ。

「いきなり何すんだよ！　俺は突っ込まれ慣れてるからな！　こんな痛いだけの突っ込みは突っ込みじゃねぇ！」

訳のわからないことを喚《わめ》きつつ、相手は顎《あご》を押さえて尻餅《しりもち》をついていた。

見ればドンドルマでも街の入り口に近い場所まで逃げてきていたようだ。旅人……ではなく、ハンターのようだった。

四人組の青年。三人までがモンスターの素材を使ったらしい武具をまとっているからだ。残りの一人が謎《なぞ》である。

「うわ、なんだそいつ！」

マキシを追いかけてきた三人組が、その残りの一人を見て思わず指さして声を上げた。

そう、薄く体に密着するようなインナー姿だったのだ。

酔っ払ったハンターが戯《たわむ》れで防具を脱ぎ捨ててインナー姿になったところは見たこともあるが、昼日中からシラフに見えるいい大人がこんな格好をしているのを見るのは初めてだった。

「裸だ裸！　変態がやって来たぞ！」

街に入るなり頭突きに見舞われた上に、変態呼ばわりされてしまった青年は、まだ顎を押さえながらもやおら立ち上がり、三人組に人差し指を突きつけた。

「裸じゃなくて、インナーだっつぅの！」

「うるさいぞ変態！　大人しく街から出て行けよ！」

「だぁれが出て行くか！　こうなりゃ百年ばかり居座ってやるからなっ！」

青年は、かなり年下の筈《はず》の三人組とまともに口論しはじめる。

「変態のくせに生意気な奴だぞ！」

「こんなやつ、街からたたき出しちまえ！」

三人組は、インナー姿の青年をマキシよりもオイシイ獲物だと判断したらしく、近くに落ちていた石ころを拾って投げつけた。

「こ、こんなもん、レウスのブレスに比べたら……痛い、痛い！　やっぱ痛いもんは痛いって！」

防具を身につけている他の三人は平然としているが、裸――本人の弁に依《よ》ればインナー姿の青年はまともに被害を受けて慌てふためく。

その姿がまた面白いらしく、三人組はさらに投げつけるべき石ころを探し求める。しかし人通りの多い街の出入り口は自然と掃き清められており、適当な石はもう残っていなかった。

弾切れを見て取って、インナー姿の青年が反撃に出る。

「うへへへ、それで終わりか！」

「お、大人げない……」

マキシの呟《つぶや》きは完全に無視をして、青年はニヤニヤと笑いながら一歩前へと出る。

さすがに大人をまともに相手にするつもりにはなれないのか、三人組は一歩一歩と後ずさっていった。

「お、お前なんか、ハンターズギルドに依頼して狩猟《しゅりょう》してもらうからな！」

「い、言うに事欠いてギルドに依頼だと！」

わななく青年を、オウビートをまとった男が肩を叩《たた》いてなだめる。

「ま、言われても仕方ないよな」

ケチャS《エス》シリーズをまとった青年が茶化《ちゃか》している。

「ほら、大丈夫か？」

残る一人。ガララSシリーズをまとった青年がまだ地面に座り込んでいたマキシに手を差し伸べてくれた。

「あ、ありがと」

「俺はFB《エフビー》」

「えふびー？」

「まあ、愛称みたいなものだよ」

ガララSシリーズの青年が名乗った。

「んで、こっちがあろまほっと」

「アロマホットさんね」

ところがケチャSシリーズの青年が、般若面《はんにゃめん》をずいとマキシに近づけてくる。

「な、なに……？」

「違う。あろまほっと、だ」

「だ、だから……」

「なんか表記が違う。俺は、あろまほっと、だ」

わけがわからない。

どんなこだわりなのかはわからないが、とりあえずイントネーションが間違っていたのかと思い、言われたように注意して言い直す。それでもまだ今一つ満足していないようだったが、あろまほっとはどうにか引き下がった。

「こっちの大人しいのはエオエオな」

こちらも、変わった覆面《ふくめん》にサングラスという、見慣れない格好をしていた。そして最後の一人が裸だ。

「最後の一人はきっくんだ。いやぁ、いきなり石礫《いしつぶて》で出迎えられるとはびっくりしちゃうよなぁ。まあ、きっくんが裸なのも悪いんだけどさ」

「裸じゃねぇ！」

「はいはい、わかったから」

どうやらこの四人は仲間同士であるらしい。しかもこの息が合った掛け合いを見ると、かなり親しい間柄なのだろう。

「俺はマキシ。いや、その人が裸――イ、インナーだからっていうのはあんまり関係なくて……」

きっくんにギロリと見られて慌てて言い直す。

「俺を追いかけて興奮してたからだよ。この街じゃ旅人は、特にハンターは歓迎されるから、安心していいよ」

とりあえずそれだけを告げると、マキシはこれ以上関《かか》わり合いにならないように立ち去ろうとしたのだが、

「なんで追いかけられてたんだ？　追いかけっこして遊んでた感じでもないしさ」

ＦＢに呼び止められる。

「……それは」

一瞬迷ったが、どうせ行きずりのハンターだと判断してマキシは口を開いた。

「それは、俺が……珍しいモンスターを見たって言ったからだよ」

面倒は避けたかったが、大人しく質問に答えたのは聞かれたことを答えてさっさとこの場を立ち去りたかったからだ。

この街には、様々な人間が集まってくる。

他の街や村と比べられないほど多くの人々が暮らすドンドルマでは、ちょっとすれ違っただけの人間など数日もすればすぐに忘れ去ってしまう。

聞かれたことを教えて立ち去ったら、もうこの四人と関わり合いになることもないだろうと思っていたのだ。

かくいうマキシも、しばらく前に行商人の父親に連れられこの街にやって来た口だった。世界各地から人が集まってくるからこそ、離れた場所の話題がもてはやされる。

それは大人だけではなく、子どもの世界も同じであった。

特にこの街にはハンターが多く立ち寄ることも関係しているのか、子ども達の関心も自然とモンスターに関わる話題に集まっていく。

そんな中、マキシはドンドルマに来る前に通りかかった場所で見かけたモンスターの話を、多少の自慢も込めて知り合ったばかりの子ども達に披露した。

父親はマキシを知人だという老人に預けて、新たな仕事のためにこの街を離れている。少年らしいプライドの高さで、他人から聞かれても決して認めなかっただろうが、馴染《なじ》みのない土地で暮らすようになって同じ年頃の子ども達の気を惹きたかったという面もあったのだ。

ところが折悪しく、同じ時期にマキシと同じ地域からドンドルマにやって来ていた子どもがいた。その子どものひと言が、すべての原因である。

『そんなモンスター、いないんだぜ。こいつ、嘘つきだ！』

マキシは当然反論して、それならハンターズ達に聞いてみようという話になった。

嘘はついていない。

しかし、ハンターが集まる大衆酒場で聞いてみてもマキシが見たというモンスターの存在を知っている人間は誰もいなかった。

街は面白い。見慣れないものは山ほどあるし、毎日が発見に満ちている。しかしこんなことになるなら、父親について街を出ればよかったと思っていた。

「じゃあ、そういうことで――」

と立ち去ろうとするマキシを、引き留めるものがいた。

「「「「ちょっと待った！」」」」

四人全員である。

「なにそれ、その話、ちょっと俺らに詳しく聞かせてくれよ」

きっくんのような、いかにも物見高そうな雰囲気ではなく一見すると落ち着いた印象のあるＦＢが、サングラスを通しても伝わってくるほど好奇心いっぱいの表情で問いかける。

「べ、別にいいけどさ……」

そう答えたマキシは、四人を先導して街の中へと移動した。目指したのは主要道の脇にある屋台である。

荷車を改造して、その中に調理器具一式を積み込み、移動先で調理場や客席を展開して商売をする、移動式の屋台だ。ここは最近やって来た店で周りからの評判も良かった。

……のだが、

「あ、それ俺の肉！」

きっくんが、あろまほっとから大切に残しておいたらしい最後の肉を横取りされて、この世の終わりのような顔になっていた。

「油断は大敵」

「俺の敵は油断じゃなくてお前の食欲だっつぅの！」

「じゃあ代わりに俺の宝物をやろう」

そう言いながら、あろまほっとは自分の皿に最後まで残っていた何かを差し出した。

「お前それ、野菜だし！　しかも固い茎の所だし！　全然釣り合わねぇし！　いじめか！」

「ふぅ、食後のお茶が美味《おい》しい」

エオエオはまったく動じた様子もなくお茶をすすっている。どうあってもニットの覆面は取らない主義なのか、お茶を飲むときも食事の際も顎の方から捲《めく》り上《あ》げ、口のところを出してそれですますのだ。

そうまでされると、さすがにその下にどんな素顔があるのか気になってチラチラと窺《うかが》うのだが、マキシの視線を敏感に感じ取っているのか、エオエオは口元を晒《さら》す際にはこちらに背を向けて完全防御の構えである。

行儀が悪いこと甚《はなは》だしい。

あろまほっとの場合は、般若面はちゃんと口の部分が開いているのでそこから飲食するのだが、これもまた、ちょっと気を抜けば面を汚してしまいそうだというのに器用に周囲を汚さずに食事を終えていた。

「お、うまい！」

ＦＢは最初からガードを固めていたらしく、自分の分はしっかり確保して食事を堪能していた。

「わははは、ガンランスの守りは鉄壁なのだよ」

最初、マキシは単に、飲み物で口を湿らせて話しやすくしようと思っただけなのだが、さすがにハンターは健啖《けんたん》家揃《かぞろ》いなのか、席に着いた途端に四人は本気で食事をはじめてしまったのである。

「それで、珍しいモンスターってなんなんだ？」

鉄壁の守りの中、食事を終えたＦＢが最初の用件を思い出したかのように質問してきた。

ちなみに、きっくんとあろまほっとの二人はまだ肉のことで睨《にら》み合《あ》ったままである。

「あ、こいつらのこと？　いいのいいの、いつものことだから」

「仲が悪いわけじゃないんですか？」

「そそ、俺らいつもこんな感じだから」

「はぁ……」

生返事をしつつ、マキシは観念して事のあらましを語って聞かせた。

――それは、ひと月ほど前の話である。

マキシは父親に連れられ、この街へと向かっていた。

二人の故郷はここからずっと離れた場所にあるのだが、何もない田舎で、父親の商売を継ぐためにも一二という年齢の今から広い世界に触れておくために栄えた場所へと住《す》処《か》を移そうとしたのだ。

ここは様々な人や物が行き交う街であるため、腰を落ち着けるという意味ではやや心《こころもと》許ない。あるいは将来的にはまた別の街に移住することになるのだろうか。

ただ都会というもの、商売というものを肌で感じるために、マキシはしばらくこの街で生活することになったのだ。

二人は、同じくドンドルマを目指すというキャラバン隊に同行させてもらって旅を続けていたのだが、そんな旅路の途中、旧砂漠《きゅうさばく》と呼ばれる場所を通りがかった際、マキシはあるものを見た。

夜中、尿意を催して野営をしていた洞窟を抜け出した時である。夜空に大きな満月が浮かんでいた。その蒼《あお》い月の光の中に、黒い影が見えたのだ。

モンスターである。

雄大な翼を広げたそのモンスターは、ゆっくりと夜空の上から高度を落とし旧砂漠の奥の方へと降り立った。

自分達が野営している洞窟からは距離が離れている。

ここでじっとしていれば気づかれないはずだ。

明日は朝早くに起きてそのまま出発する予定になっている。そもそも、ハンターでもないのに狩り場でうろつくような危険な真似《まね》はしない。

そうは思っていても、何かの弾みで気づかれるのではないか、夕食で煮炊《にた》きした匂《にお》いがどこかに漂っていはしないか、いつのまにか気づかないまま接近してきたそれが、今にも洞窟の入り口から顔を突っ込んでくるのではないかと心配で、恐ろしくてその夜は一睡もすることができなかった。

ドンドルマに到着して、マキシが最初にやったのはあの時のモンスターが何者だったのかを調べることだった。

父親が付き合いのある相手に挨拶《あいさつ》回りをしていても、まるで関心を示すことなく調べ物に没頭した。

その挨拶回りは将来の跡継ぎとしてマキシを紹介して回るためのものであったらしく、あとでこってりとお説教を食らってしまったのだが、反省する気持ちにはならなかった。

マキシはそもそも、商人になりたいとは思っていないのだ。

本当に興味があるのはモンスターなのである。

ハンターとして狩り場に出かけたいのではなく、彼らの生態を調べる職業に就《つ》きたいとそう思っていた。

田舎でも不自由はなかった。

近所に年老いて引退した学者が隠棲《いんせい》しており、その蔵書を読みあさるだけで充分に勉強できる。

ただその一方で、親の期待というものにまったく気づかない振《ふ》りができるほど、マキシは既に子どもではなかった。

おそらく父親は、マキシに跡を継いで欲しいと思っている。

商人も立派な仕事だ。

実際に父親の仕事が人の役に立っているところを見たこともあった。ある村で病が流《は》行《や》ったのだが、薬草が不足した。そんな時に良質の薬草を山のように集めてその村まで運んで行ったのだ。

おかげで何人もの命が救われたと喜ぶ人々の姿は忘れられるものではない。だから普通に考えれば、マキシの将来は決まったも同然だ。

それでも、そんなマキシだからこそ、あのモンスターが何者なのかを知りたかった。自分の夢に区切りをつけるためとばかり夢中になって調べた。

あるいは新種のモンスターかもしれないという期待もあった。

そうなれば、自分の中の何かが変わるのではないかという期待だ。もしあの時に見たものが世紀の大発見だったりしたら、それを支えにして学者という道を歩む気持ちになれるかもしれない。

あるいは、誰かの目に留まって、学者の道を歩むための手を差し伸べてくれるかもしれない。

そんな考えが、頭の片隅にちらりと過《よ》ぎっていた。

結果から言えば、残念ながらマキシが見たものは新種というわけではない。山のような資料を漁《あさ》って自分でそう結論づけた。

それでも、大きな発見がある。

あの夜に見たモンスターがもしマキシの調べた通りだとするのなら、生態がほとんど明らかになっていないごく希少なモンスターなのだ。

このモンスター自体、ごく限られた狭い地域にしか生息していないとされており「幻の」という枕を冠することもあるほど希少なモンスターなのである。

その生息地は、旧砂漠から離れた場所。つまり旧砂漠には本来、生息していないはずのモンスターなのだ。

迷い込んできたにしても生息地から離れている。生態を解明する意味でも、大きな発見だった。

見知らぬ相手という気安さもあったのか、それとも自分でも思っていた以上に鬱屈《うっくつ》していたのか、余計なことまで詳しく喋《しゃべ》ってしまっていた。

「――そのモンスターの名前は？」

マキシの話を聞いていたＦＢだけではなく、マイペースにお茶を飲んでいたエオエオ、さらには肉一切れを取り合っていた、きっくんやあろまほっとまでもが、いつの間にかまっすぐに視線をマキシに注いでその話に聞き入っていた。

「……セルレギオス」

ＦＢは、おそらく聞き覚えがなかったのだろうモンスターの名前を、確かめるように繰り返した。

「そう、そいつが旧砂漠にいるんだ！」

「よし！　そいつは俺達が貰《もら》った！」

「へ……？」

「ほとんどの人間が見たこともないモンスターなんて、こんな面白そうな話、放《ほ》っておけないからな」

セルレギオスのことを打ち明けても誰も信じてくれなかったというのに、この四人は言葉だけでそれを信じてくれるらしい。

「い、言っとくけど、俺、金なんて持ってないから」

「へ？」

今度はＦＢ達が不思議そうにする番である。

「いや、だって、いきなりこんな話を信じるなんて、あとになって何か要求されるんじゃないかと思って」

マキシがそう言うと、ＦＢは心底呆《あき》れかえったような顔になって手を振った。

「あのね、そりゃ俺達は貧乏ハンターだけどもさ、君みたいな子どもから金を巻き上げるほど落ちぶれてないって。本気で面白そうだと思っただけなんだってば」

ＦＢは苦笑まじりでそう言った。

2

マキシはＦＢ達が一泊して次の日に出発するものだと思っていたが、彼らは食事を終えるとその足で近くにあったギルドカウンターに行き、簡単な納品依頼を契約して出発してしまった。呆れるほどの身の軽さである。

そして、四人を見送ってから数日。

旧砂漠までは移動だけで数日かかる。まだ狩り場にすら到着していないだろうが、マキシは気を揉《も》んでいた。

まだ戻ってくるはずはないと知りながらも、日に何度も街の入り口の方へと目をやってしまう自分がいる。

「マキシや、なにをしとるんじゃ?」

惚《ほう》けていたマキシに声をかけてきたのは一人の老人だった。

「グレウモさん」

禿頭《とくとう》に、豊かな髭《ひげ》を蓄えていた。深い皺《しわ》がいくつも刻まれた表情には思慮深い印象が漂う。質素ながら清潔な衣服を身にまとった上品な老人である。

彼こそが、マキシの父親が彼を預けた相手だった。今は家の手伝いをするという条件で居候させてもらっている。

「あ、そうか。俺、水汲《く》みの途中だった」

気づけば空の木桶《きおけ》を手にしたまま、マキシは水場で立ち尽くして街の入り口の方を見やっていた。他人から見られたりしたら、不審人物丸出しである。

「気もそぞろじゃの」

このグレウモだけは、マキシの言葉を疑わないでいてくれた。

だからといって無条件で信じてくれるというわけでもない。ただ、マキシの言葉を何も言わずに聞いてくれる。そんな老人だった。

「気になるなら、わしが知り合いに頼んで、その四人組とやらの噂《うわさ》を聞いておいてやろうか?」

「え？　そんなことできるの？」

「ふぉっふぉっふぉ、これでも長いことこの業界で飯を食っとるからの。顔だけは広いんじゃ」

「じゃあ、お願いします」

マキシは素直にそう頼んだ。


それから数日間でグレウモが調べてくれたあの四人組の噂は、驚くべきものだった。

「楽士《がくし》ぃ⁉」

グレウモは調べてくれた内容を紙にしたため手渡してくれたのだ。それを目にした途端、マキシは思わず奇声をあげてしまったのである。

最初に想像した以上に、あの四人は奇妙な経歴を持ったハンターだった。そもそも彼らは、最初からハンターを目指していたわけではないらしい。ゆくゆくはドンドルマで歌姫《うたひめ》の伴奏をするような音楽家になりたいと一念発起したのだと書かれていた。

遠くの街や村に住んでいてもドンドルマを目指す、確かにそういう考えを抱くものがいてもおかしくないほどドンドルマの名は知れ渡っていた。

特にこの街にいる歌姫と呼ばれる人物の唄《うた》には不思議な力があり、マキシ自身はその歌声を聞いたことはなかったが、アリーナから出てきた人達は誰もが幸せそうな表情を浮かべていることだけは知っている。音楽家にとってその伴奏を任されることは最高の名誉だと言われていた。

あの四人が何を思ってハンターになったのかがわからない。

「もしかして、音楽家の道を諦《あきら》めてハンターになったのかな」

思わず、自分の境遇と重ねながら想像するしかなかった。

モンスター博士を諦めて商人になろうとしている自分と、楽士を目指していたはずなのにハンターをやっているあの四人とは同じではないだろうか。それとも違うのだろうか。

ただ、そんな煩悶《はんもん》は、次の一行が目に入った瞬間にあっさりと消し飛んでしまった。

グレウモが手渡してくれた紙には、彼らの身の上と一緒にあることがしたためられていたのだ。

ある、大問題である。

「えぇ!?　なにこれ、依頼の失敗もすごく多いんだけど……？」

「ううむ。そうじゃの」

グレウモも気まずげにそう言うだけだった。

本当に大丈夫なんだろうか、別の不安が急速にマキシの中で膨れあがっていくのである。

普通、ずっと憧《あこが》れていた街を訪れたなら、しばらく腰を据えて街を見て回りたくなるものだろう。

噂に名高い大老殿《たいろうでん》や、ＦＢ達の目標そのものであるはずの歌姫やアリーナ、違う街の工房を見て回るのもいい。

この街のハンター達の間ではどんな武具が流行っているのか、酒場でどんな噂や情報が飛び交っているのかに耳を澄ませるのでもいい。

だというのに四人は、せいぜい露店で食事を摂った程度で、そのままドンドルマを飛び出してきてしまった。

3

「思い立ったが即行動。いやぁ、実に俺らしいよな」

わはは、と笑いながらＦＢが見ているのは、旧砂漠と呼ばれる狩り場だった。

ハンターが狩猟を開始する前に立ち寄る、拠点《ベースキャンプ》である。旧砂漠は、崖の上に岩壁をくり抜いたような形で雨風をしのげる場所を用意し、そこに体を休めるためのテントなどが設けられていた。一段高くなったここからなら、いながらにして狩り場の様子が見えるのだ。

あたりは既に日が暮れ、夜陰に閉ざされている。

砂漠地帯の常として、昼間の焼けつく熱気が日暮れと同時に逆転し、夜になると凍えるような寒さが訪れる。

その極端な寒暖の繰り返しが、この場所を生半可なことでは生き残れない過酷な世界へと変えていた。

拠点は凍えるほどではないとはいえ、それでも外の寒気は肌で感じることができる。

「よぉし、準備完了だな。ホットドリンクは忘れてないだろうな」

武具や持ってきた道具類を確認し終わると、ＦＢは仲間達に声をかける。ちなみに三人（きっくん以外）はサングラスや般若面やニットの覆面などではなく、それぞれの防具のヘルムをきちんと装備し狩猟に備えた装いになっていた。

きっくんは、あいも変わらずインナーである。

何度か突っ込みもしたのだが、どうやらそれが彼の謎《なぞ》ポリシーらしく、ほとんど毎回その格好で狩猟をこなしていた。

「あ、俺、ホットドリンク忘れた！」

思った通りと言うべきか、一人は忘れる輩《やから》が出ると思っていたのだが、

「素っ裸のお前が忘れてどうする⁉」

「裸じゃねぇよ、インナーだ！」

よりにもよって、一番寒々しい格好をしたままのきっくんがホットドリンクを忘れていたりした。

「仕方ないなぁ、ほら」

そう言いながら、エオエオが自分のホットドリンクをきっくんに差し出していた。いかにもごつごつしたオウビートシリーズでそういう心配りをしている様子を見せられると、妙に微笑《ほほえ》ましく映る。

「裸族な方は放置するとして、どこから探していくかだな」

あろまほっとの堅実な提案に、FBも大きく頷いた。

「まあ、分散するか、一緒に行動するかだが……」

「手分けをすると見つかりやすそうだけど……。なんか、食《く》われるよね、パターン的に」

きっくんの相手を終えたエオエオが物騒な予想をする。

ひと口に「旧砂漠」と言っても、一つの狩り場はかなり広い。普通に考えれば別行動する方が早いのだが、今回ばかりは慎重に動かなければならないのだ。

「なにせ、相手が相手だからなぁ」

セルレギオスとは生態がよくわかっていないモンスターであるらしい。

ハンターにとって、よくわからない相手を狩猟する時こそもっとも注意を必要とする。

何故《なぜ》ならそもそも、基本的な体力や破壊力において、人間はどう逆立ちしても大型モンスターに及ばないからだ。

その圧倒的な差を、ハンターは地道な調査を重ね、知識を蓄え腕を磨き、小さな力を束ね効果的に用いることで埋めてきた。

相手が何を得意とし何を苦手としているのか。

種としてどのような癖《くせ》があるのか。

そうしたことを積み重ね、自らは傷を負わず、相手を追い詰める方法を研鑽《けんさん》してきた。

相手の生態が不明だということは、圧倒的な存在であるモンスターに対して手探りで立ち回らなければならないということなのだ。

その難しさは、ハンターなら誰もが知っている。

だがだからこそ、面白い。

面白いなどと言うと、普通のハンターやハンターズギルドからは不謹慎《ふきんしん》だと叱られてしまいそうだが、ふざけているのではなく、どんな状況でもポジティブに乗り越えたいと思うからこそすべての場面においてワクワクすることを追求してしまう。

これこそ、FB達自身の、FB達なりの真面目であり、そんな気持ちが率直に表に出てしまうのだ。

「よし、とりあえず最初はかたまって行動しようぜ。それで見つかりゃ、それに越したことはねぇしな」

他の三人も異論はないようで、それぞれ頷いていた。

4

旧砂漠の拠点は、南北に一つずつ出入り口を持っている。

北に向かうと入り組んだ岩山の中を進むルートになり、南に向かうと広大な砂漠が広がっていた。

いずれの道を選んだとしても、旧砂漠の狩り場をぐるりと一周するような形で進むことになるのだが、四人はまず南に進むことにした。

そちらの方が目的のセルレギオスと出会う確率が高いからというわけではない。そもそも、事前には何の情報も仕入れることができていなかったのだ。

だからこの選択は、

「いやぁ、絶景だねこりゃ」

耳が痛くなるほどの静寂。

この場で聞こえるのは四人が息をする音と、乾いた砂を踏みしめる音だけ。

そんな中、ＦＢは思わずそう呟いた。

狩り場に出た以上、思い切り叫ぶような真似はしないが、それでも感想を言葉にせずにはいられなかったのだ。

風によって大きく波打つ砂丘。

特にここは、これまで見てきた砂漠よりも高低差が大きく、ちょっとした山の上から見下ろしているようなそんな気持ちになる。

遠くには切り立った岩山がそびえ立っている様子がくっきりと見えた。空気も澄んでいるのだろう。

この景色を少しでも早く堪能するために、南側から出発する選択をしたのだ。

「ここで一曲演奏したら、気持ちいいだろうな」

エオエオが優雅な感想を口にする。

身が引き締まるような冷気も、ホットドリンクのおかげで気にならない。

乾燥した空気の中、この広大な砂漠に自分達が奏でる音が吸い込まれていく様子を思い浮かべると、それは魅力的な提案に思えた。

皮肉屋のあろまほっともその意見には異論がないようで、うんうんと頷いている。

四人は風景を楽しみつつも、周囲への警戒は怠《おこた》らないように気をつけながら歩きはじめた。

拠点を出てすぐ南に広がっている砂丘が、ハンターズギルドから借りた地図ではエリア2に指定されている。

エリア2の砂丘は、ベースキャンプがある岩山をぐるりと回り込むようにして下りながら西へと進んでいた。

大型モンスターの姿はない。

いるのは甲殻種のヤオザミぐらいで、自慢のハサミを使って砂の中から何かをほじくり返して食事の真っ最中だった。

エリアの端の方で大人しくしているので素通りをする。小型モンスターとはいえ、不用意に刺激するのは得策ではない。お互いに目配せをして、目的のセルレギオスの姿を求めて進む。

飛竜種に属していると言われているセルレギオスであるから頭上にも注意は忘れない。雲一つなく満天の星で、月は青白い光を投げかけていた。

「いやぁ、夜の砂漠もいいねぇ」

素直な感想を口にしながら、四人はさらに歩き続ける。

砂丘を下りきったあたりがエリア7だ。ここは、この旧砂漠で一番低い場所にあるらしく、岩に囲まれたすり鉢状の砂地になっていた。

中でも一段低い中央の窪地《くぼち》は、どうやら蟻《あり》地獄のように砂が吸い込まれているらしく、じわじわと周囲の砂が流れ落ちていく様子が外からでも見て取れた。

「ここにもいない、か……」

あたりを見渡しＦＢが言う。

もちろん頭上にも何もいない。

安全を確認した後、物珍しさも手伝って四人は流砂の端までやってくるとこれをしばらく観察していた。

「この二ヵ所にいないとなると、岩山の中のエリアにいるってことかね」

好奇心が満たされると、ＦＢは地図を見ながらそう言った。

「このエリア10とか、拠点から離れている分、逆にモンスターがよくたむろしてるってことじゃないの？　いや、あんまモンスターのいるすぐ側に拠点なんて作らないだろうし」

「エオエオ、冴《さ》えてる？」

「いや、なんでそこ、疑問形なの？」

「じゃあやっぱりぐるりと一周するコースで拠点まで戻ってみて、何も見つからなければバラける感じで進んでくか」

「異議なし」

「岩山の中ならホットドリンクもいらないから、とりあえずこのあたりをよく探してからだな」

インナー姿の、しかもエオエオからホットドリンクをわけてもらっている身のきっくんが珍しく慎重な意見を口にする。

きっくんが珍しいことを言ったせいではないのだろうが、いきなり足下の砂が盛り上がり、そして爆発した。

「どわっ⁉」

爆発した——ように見えたのは、足下から何かが突然浮上してきたからだった。

「ななな、なんだなんだなんだ⁉」

黒い影。

そうとしか言い表せない。

夜だけに、昼間よりは見えにくい。しかもそれの体色自体も黒っぽく、砂の色に近いことも手伝って周囲に溶け込み、とっさには姿形が見て取れなかったのだ。

その上、動きも速い。

砂中から強襲した直後、それは再び身を躍らせ砂の中に潜り込んでしまう。

「なんだ⁉」

あろまほっとが呻《うめ》く。

そんな彼の背後に、黒い影は素早く回り込もうとしていた。

「あろま、うしろ！」

ＦＢの警告を受けて、あろまほっとは背後を確認することもせずそのまま全力で前方に身を投げ出す。

砂中から砂をまき散らしながら跳躍し、それは自らの巨体で以《もっ》て下にいたものを押し潰《つぶ》そうとした。

即座に反応しなければ、あろまほっとは巨体の下敷きになっていただろう。日頃は皮肉を言っていてもしっかりと信頼関係が作られている証拠である。

目の前の大型モンスターは姿を見せては砂の中に消え、そして背びれだけを出して四人を追いかけ回す。

今度は、大型モンスターだということぐらいは辛うじて見て取れる。ただ、ゆっくり見ている余裕もない。隙を見せればたちまち砂中から姿を見せて飛びかかってくるだろう気配がひしひしと伝わってくるからだ。

「面倒な奴だな！」

「こいつか！　こいつがセルレギオスだな！」

きっくんが猛然とディオスアックス改《かい》を抜き放ち叫ぶ。

「ここで会ったが運の尽き！　今こそ！　俺の！　ブラスト・スペシャル・アタッッ――」

突っ込みながらスラッシュアックスを振りかぶったところで、砂中の大型モンスターは情け容赦なく飛びかかり、ノりにノっていたきっくんを吹っ飛ばした。

「お前の運が尽きてるじゃん！」

もんどり打って砂に突っ込むきっくんに、あろまほっとの冷静な突っ込みが飛ぶ。エオエオは慌てて生命《せいめい》の粉塵《ふんじん》を使って援護していた。

「とにかく、やるっきゃないぜ！」

ＦＢは王銃槍《おうじゆうそう》ゴウライ改を抜き、あろまほっとはグラヴィトンハンマーを構えた。一歩遅れてエオエオもア・ジダハーカを抜き放つ。

大型モンスターは砂中を疾走していた。

目で追うのがやっとという速度で移動し、しかも動きが不規則に変化する。右に左にと動き回り、いつのまにか誰かの背後を取って飛びかかるのだ。

四人は守り一辺倒に追い込まれた。

そもそもの速度が違う以上、先読みができなければハンターは一気に不利になってしまう。

ただ、何度目かの攻撃の際、大型モンスターは飛び上がると狙《ねら》っていたエオエオを追いかけて砂の上を這《は》いずるようにして突進してきた。

突進自体、這いずっているとは思えないほどの速度でエオエオは盾にかすらせてどうにかやり過ごしていたのだが、その姿を見てＦＢはある違和感を覚えてた。

「こういう相手には、やっぱりこれかな」

突進を凌《しの》ぎきったエオエオは、目の前から砂中に逃れたモンスターに対して、ポーチから何かを取り出して思い切り投じた。

それは、大型モンスターを追いかけるようにして放物線を描き、砂の真上で炸裂《さくれつ》。あたりに甲高い炸裂音をまき散らした。

音爆弾《おとばくだん》である。

強烈な音波を周囲にまき散らし、ある種のモンスター達を一時的な行動不能に陥れる、ハンターが狩猟で愛用する道具の一つだった。

――果たして、

たまらず砂中から飛び出してきた大型モンスターは初めて動きを止めて、砂の上でビタンビタンともがき苦しむ。

砂の中にいただけに、音波の威力をまともに食らったのだろう。

ただこれでダメージになるわけでもなく、すぐに回復してまた元通り砂の中に戻ってしまうはずだ。

「考えてる場合じゃねぇな」

そう判断するとＦＢはモンスターに駆け寄り、腰だめに構えた王銃槍ゴウライ改で突きを繰り出す。

　連続で穂先《ほさき》を突き入れ、そのままガンランスを振り上げ重量で以て叩きつぶすように斬《き》りつける。直後に砲撃。

　至近距離から、ガンランスの銃身に内蔵した砲撃《ほうげき》を見舞う。

　決して取り回しがしやすい武器ではないガンランスは、自分の決まった「型」に持ち込むことが何よりも重要となってくる。

　その場その場で即応する柔軟性は片手剣《かたてけん》にとても及ばないものの、「型」から繰り出す一連の攻撃すべてを命中させた時の攻撃力はこの武器の大きな魅力の一つであった。

　あろまほっとは大型モンスターの頭側に回り込み、ハンマーで連続して打撃を叩き込む。

　エオエオは麻痺《まひ》属性を持っているア・ジダハーカで連続して斬りかかり、足止めを狙う。

　きっくんも、ダメージから回復したと同時にディオアックス改を抜いて他の三人がいない場所から斬りかかった。

「この世界に舞い降りた、漆黒《しっこく》の堕天使《だてんし》！　このきっくん様が思い知らせてくれてやる！」

　興奮しすぎて妙におかしい言い回しで攻撃に参加する。

　大型モンスターの方も、すぐに音爆弾の衝撃から立ち直り、再び砂中に逃れるが、有効だとわかった途端、エオエオはその優位を活《い》かして音爆弾を連続投入した。

他の三人は、エオエオが地上に追い出してくれることを確信すると、すぐにそれに備えた位置取りを行う。

数度繰り返す内に、あろまほっとの蓄積させた頭部へのダメージで気絶し、エオエオのダメージで麻痺を起こし、その隙にディオアックス改を携えたきっくんが斧モードで連続斬りにする。

ＦＢはそれの真正面に回ると、王銃槍ゴウライ改を構え直し、そしてガンランス最大の特徴である攻撃を解き放った。正面に突きつけた穂先に、周囲から何かが集まるようにして発火する。

ただ燃えているだけではない。

一点に向かって収束され、濃度を高めた強烈な火力。

限界まで蓄えられたそれが、一気に標的に向かって叩きつけられた。

飛竜が放つブレスの仕組みを模して作られたと言われている竜撃砲《りゅうげきほう》だ。ガンランスの重さの大半は、この竜撃砲を放つために存在すると言っても間違いではない。

本体内に独特な仕組みを有するそれは、至近距離での立ち回りに加え、ここぞという瞬間にはモンスターの攻撃に匹敵する強烈な一撃を叩き込むための武器なのである。

その一撃を浴びて、エオエオのア・ジダハーカが麻痺させていた大型モンスターはあっけなく砂の上に崩れ落ちた。

「あれ……？」

きっくんが呆気《あっけ》にとられたような声を出す。

他の面々も、ここで狩猟が終わるなどとは想像もしていなかったのか、次の一撃を加えようと武器を振りかぶった体勢のまま固まってしまっていた。

あるいは、これはただの死んだふりで、油断したところを襲いかかってくるのかもしれない、とでも疑っているのかもしれない。

実際に死んだふりをしてハンターを騙《だま》し、剝《は》ぎ取《と》りをしようと喜び勇んで近寄ったところで手痛い反撃をぶちかます、という大型モンスターも存在するからだ。

「これは！　俺達がやったってことなのか！　これはひょっとしてすんごい偉業を成し遂げてしまったということではないでしょうか！」

やや懐疑的なFBとは反対に、飛び上がらんばかりに喜んでいるのはもちろん、きっくんである。

「おぉ、珍しく、きっくんが無事だ」

あろまほっととエオエオは感慨深げにそう漏らす。

「奇跡だ」

日頃からインナー姿であるおかげで、きっくんの撃退され率はかなり高いのだ。

「何それ、酷いじゃん！」

「ちょっと、おかしくない？」

「ＦＢまでそんなことを言うのかよ。さすがに拗《す》ねちゃうぞぉ！」

「いや、だから、お前のことじゃないって」

変な誤解を適当にあしらって、ＦＢは地面の上に倒れているモンスターを指さした。

「なあ、こいつって……」

ＦＢが言わんとしていることを、あろまほっとが引き継いだ。

「ドスガレオス……？」

ＦＢ達が普段拠点にしているバルバレあたりではあまり見かけないが、他の、砂漠がある地方に出かけた時に狩猟した経験があるモンスターである。

魚竜種と言って、飛竜種とはまるで違う種に属するモンスターで、砂漠がある地域には比較的多く見受けられるモンスターでもある。

当然、旧砂漠なのだから珍しくも何ともないだろう。

夜の暗さと、微妙に違う動き——目まぐるしく砂の中から襲いかかってくる隙のなさは、他の地域で遭遇したドスガレオスとは明らかに違っていた。

それらに誤魔化《ごまか》されてすっかり気がつかなかったのだが、確かに砂の中を泳ぎ回る大型モンスターとなれば、このドスガレオスを思い浮かべて当然だったのかもしれない。

「黄砂色の飛竜とかって……」

ドスガレオスの体色は、まさしく言われていた通りの色に見える……。

「こいつのこと……？」

四人は顔を見合わせそう呟いていた。

5

ドスガレオスの狩猟は、依頼書をよくよく確認してみると確かにサブターゲットとして明記してあった。つまりFB達の知識通り、ドスガレオスは砂漠ならばさほど珍しくないモンスターなのである。

帰りの途中でそれを発見した時には心の底から落胆した。

そもそも、正体不明のモンスターを対象とした依頼が出ているはずもないため、適当な納品依頼を契約して旧砂漠に出発していたのだが、適当に選んでいたために誰もサブターゲットまでしっかりと確認していなかったのだ。

ハンターなら誰でも知っている通り、サブターゲットとはハンターが状況に応じて狩猟を終了させやすくするための計らいだ。

例えば標的が思った以上に手強くとても手に負えなかった場合。

リタイアという手が残されているのだが、一人前のハンターたるもの手ぶらで帰ることに納得できないものもいる。

そうしたハンターがもはや達成の望みも薄いというのに、無理をしていたずらに粘り、結果として大怪我《けが》や命を落とすようなことがあってはならない。

そのため、ハンターズギルドはハンターが帰りやすくするために、次点の着地点としてそうした条件を設けている場合があるのだ。

納品依頼の場合はもっと単純に、要求されている希少な品物が必要な数だけ手に入らなかった時、思わず立ち往生してしまうことを防ぐためなのだろう。

今回の場合は、白金魚《はっきんぎょ》を三匹納品することが目的だが、そもそも釣り場に姿を見せなければ話にならない。

「しっかし、その代わりがドスガレオスって、釣って終わらせるつもりで来てたら暴れ出すんじゃね？」

ドンドルマの街の入り口が見えるところまで戻ってきたところで、ＦＢはそんな軽口を飛ばしていた。

「簡単そうな目的で呼び寄せておいて、実はドスガレオスを討伐《とうばつ》させようとしてたら質《たち》悪いよな」

あろまほっとが毒舌家の本領を発揮する。

「さすがにそれはないだろ。ハンターズギルドはそのへんきちんとしてるからな。でももし本当だったら、黒いなぁ」

「黒すぎる……」

毒舌家の発想についていけず、きっくんとエオエオは苦笑するだけだった。

そうこうしているうちに四人は街へと到着した。入り口には、真剣な表情をしたマキシが待っていた。

「どうしたんだ？　わざわざ待っててくれたのか？」

「ちょっと待ってて！」

「は？　あ、ちょっと……」

ＦＢの問いかけに答えることもせず、マキシはきびすを返して街の中に駆けていく。四人が呆気《あっけ》にとられて立ち尽くしていると、彼はすぐに戻ってきた。

だが一人ではなく、街の大人達や先日マキシを追いかけていた三人組、他にもマキシと同年代の子ども達——十数人を引き連れてである。

「兄ちゃん！　兄ちゃん達が旧砂漠で見つけてきたんだろ！　みんなにどんなモンスターがいたのか、教えてやってくれよ！」

マキシは期待に満ちた目でＦＢ達に詰め寄った。

街の大人達は半信半疑で、三人組は疑いの目で、他の子ども達は期待のこもった眼差《まなざ》しでＦＢの答えを待っている。

「ぐ……」

　これで困ったのはもちろんＦＢ達である。

　実のところ、街に戻ったらマキシを捕まえてこっそりと結果を教えるつもりだった。詳しい状況はわからないままだったが、どうやら子ども同士のやり取りで嘘つき扱いされている様子だったからだ。

　まさか子どもだけではなく大人まで連れてくるとは思わなかった。

　ここで嘘をついてやるのは簡単だが、ハンターズギルドに狩猟結果は報告してある。そもそも、討伐にしても捕獲にしても、獲物を引き渡すのだから結果を誤魔化すことなどそもそも不可能なのだ。

　つまり、事ここに及んでは、どうすることもできなかった。

「えっと……」

　しばらく煩悶していると、見かねたのか、あろまほっとの方が先に口を開いた。

「ドスガレオスだった」

　場がざわめく。

　マキシは、目に見えて落胆した表情になっていた。

「やっぱな」

子どもの一人が声を上げる。

「嘘なんかじゃない！」

マキシは反射的に反論していた。

しかし周りの子ども達は必死で反論するマキシの様子をニヤニヤと眺めている。

「もういいっ！」

その視線に耐えきれず、マキシはその場から逃げ出してしまった。

確かに、広大な狩り場にあって、間が悪ければ目的のモンスターとすれ違ったまま遭遇できず終わることも多い。

特に、ハンターズギルドにそのモンスターの依頼がなされていない場合、モンスターと出会えるかどうかは運次第であった。

しかし、旧砂漠に行けばすぐにわかると言っていたのに、実際に行ってみたら空振りだったという状況は、マキシの立場上まずい。

また、子ども同士のやり取りだけだと思っていたところに、何人も大人が集まってきているのが不思議だった。

「ちょっと聞くけど、あなた達はどうしてここに？」

ＦＢが尋ねると、

「いや、俺達は行商人でな。あんた達が行ってた旧砂漠を通って別の街に行く予定をしてたんだよ」

どうやら他の大人も行商人であるらしく、困った顔で最初の男の言葉を継いだ。

「あの小僧がな、旧砂漠にとんでもないモンスターが出るから、しばらく通れないって言ってたんだよ」

「あいつ、そんなこと言ってたの⁉　もしかして、複数の商人に？」

そう聞くと、商人は微妙に気まずそうになりながら、「まあ、結構な数に」と付け加えた。

「手当たり次第に足止めしてたのか⁉」

ＦＢは思わずあんぐりと口を開いてしまった。

「確かに手当たり次第に声をかけてたみたいだけど、まあギルドからの情報じゃないから、本気にしなかった人間も多かったぞ」

「でも、予定を変えた人もいたんでしょ？」

エオエオの問いかけに別の商人も苦笑しながら頷《うなず》いた。

「俺らは余裕があったからな、骨休め半分、出発を遅らせたりしてるけどな」

「あと、腰を据えるなら据えるで、他の仕事を探したりとかもできるから、あの小僧のせいだけってわけじゃねぇけどな」

どこから真実が転がり込んでくるかわからない。

子どもの言葉だからと頭から否定していると時には手痛い失敗をすることがある。

ハンターとは違うものの、やはり街の外の厳しさをよく知っている行商人達は「情報」ということについて慎重に扱うようだ。

「さあ、行こうぜ。もうマキシなんて相手にするなよ！」

子どもは、大人達の複雑な気持ちには見向きもせず、清々したとばかり満足そうな顔で散り散りに立ち去っていく。

「まあ俺らもそろそろ出発する準備をするかな」

「そうだな」

商人達も、立ち去っていく。

「き、気まずい……」

自分達には一切落ち度はないのだが、最後までその場に取り残されたＦＢ達は力なく呟く。

関係者は誰もいなくなり、新たに街に到着した旅人が「こいつらどうしたんだ？」という視線を注いで立ち去っていく。

「果てしなく、気まずい」

きっくんも、あろまほっとも、エオエオも、それぞれ「気まずい」の合唱になった。

「よし！　ここは」

「見なかったフリをして逃げるのが一番楽そう……」

　現実的な提案をするのはもちろん、あろまほっとである。

「馬鹿たれ、さすがにそれはナイだろ」

　ＦＢの言葉に、きっくんとエオエオも無言で頷いている。

「いや、一応言ってみただけ」

「ということはぁ」

「やっぱりぃ」

「もう一回行ってみるか！」

　そうして速攻で、旧砂漠への再訪が決定する。

「あ、でも、さすがに一回宿屋に泊まろう。疲れた」

「「「賛成～」」」

　色んな意味で疲れた体を引きずって、四人は不慣れな街で一夜の宿を探し求めるために歩き出すのだった。

第二章　気をつけよう、暗い狩り場と悪巧み

1

再びの、旧砂漠《きゅうさばく》。

せっかく訪れたドンドルマから即座に旧砂漠に出向き、訳がわからないうちにドスガレオスを狩猟し戻ると、すぐさままた旧砂漠へ。

さすがに目まぐるしすぎるだろう！　などと思いながらも拠点《ベースキャンプ》に到着したFB《エフビー》は自分の準備を終えていた。

「よぉし、みんな準備はいいかぁ？」

FBの呼びかけに、他の三人が答える。

「おぉ」

「うぇい」

「とりあえず大丈夫」

しかし、その声にこもる熱意は、最初の頃からすると明らかにパワーダウンしていた。

「お前ら、正直者か！」

FBの声に、きっくんが「いやぁ」と頭をかく。

「だってさ、この前は超希少なモンスターに会えるって期待があったけどさ、今回はひょっとするとただの見間違いじゃないのか、ってそういう可能性があるわけで。それを考えるとやっぱ気合いが入らねぇよ」

「あ、俺はいつも通りだから」

「……確かに、エオエオさんはそうだね」

拠点であぐらをかいて落ち着いているエオエオは、確かにいつものエオエオだった。どんなときでもマイペース。ある意味、非常にありがたかった。

「あの場では気まずかったけど、実際にここまで来ちゃうと仕方ないだろ」

あろまほっとも冷静にそう告げる。

「あ、でも、やることはきっちりやるからそこは心配しなくてもいいぞ」

「うん、そうしてもらいたいもんだよ」

文句は言いながらもやることはやる、そのあたりについては、あろまほっとは信用しても大丈夫である。

「んで、今回はどうする？　バラバラになって動く？」

「そうすると、お前はどこかでぐっすりお休みしかねないからな」

「うわ、信用ないわぁ」

「ま、狩り場に裸で来る奴だからなぁ」

あろまほっとはFBの言葉に相乗りするように、きっくんに白い目を注いでいた。

「よぉし、そこまで言うなら狩猟《しゅりょう》で証明してやるっての！」

やおら、きっくんは立ち上がり、拳《こぶし》を握りしめる。

「んじゃまあ、そんなわけで、そろそろ行きますか」

FBはなんとなく場をまとめ上げて、自分も腰を上げる。

「というか、今度こそ誰もホットドリンク忘れてねぇだろうな」

念のために、本当に念のためにという程度の、むしろ「んなわけねぇじゃん！」という突っ込みを貰《もら》うためのフリ程度のつもりでそう聞いたFBの言葉に、きっくんの顔色が青くなる。

「あぁっ!?　しまった、忘れちまったぁ！」

「言ってる側《そば》からそれかよ！」

「だから信用されないんだよな」

「大丈夫。俺、調合分も含めて余分に持ってきてるから」

そう言いながら、エオエオはポーチからホットドリンクの調合材料であるトウガラシとにが虫を取り出して見せた。

「エオエオ、良い人！」

「あー！　もう、行くからな！　拠点を出たら静かにね！」

ＦＢはこれ以上、関《かか》わり合っていられないとばかり歩き出した。

2

四人はホットドリンクを飲み干すと南側から拠点を出た。

エリア２。

先日と同じように、静寂に満ちた砂丘が広がっていた。もちろん、セルレギオスどころか大型モンスターの姿もない。

先日と同じルートをたどるとするならこのまま岩山の周囲を回るように、西側へと歩いて行くことになるのだが、ＦＢが地図を見ていると、横からきっくんがのぞき込んできた。

「なぁ、この地図の下の方にある小さいエリアは見に行かねぇの？」

「ここは採集《さいしゅう》とか、小型モンスターの素材を集めたりする時に行くところだろうけど……。一応行ってみるか」

「大型モンスターが寝床にしている場合もあるんじゃないか？」

他を寄せ付けないほど強靭《きょうじん》な肉体を持つ大型モンスターだが、休息を取るために眠りにつく際には無防備な状態になる。

人間のように、安心できる家を建てることなどしない野生の生き物は、少しでも安全になるようにこうした狭い場所に入り込んで休むことが多いのだ。

「そうだな。この前は大きなエリアを優先して見て回ったからな」

小さなエリアを見る前に、ドスガレオスに遭遇したということでもある。

「じゃあ細かく見て回るか」

きっくんが地図で指さしたのは、この場でいうと左手方向にあるようだ。砂の斜面を登り、その頂点に差しかかると周辺がよく見える。

「えっと、あれかな」

少し下ったところに、固い岩が積み重なって出来た洞窟が口を開けていた。

「よっし、一番乗り！」

見つけるが早いか、きっくんがそう言いながら走り出す。

「別に何があるわけでもないと思うんだけどなぁ……」

そう言いながら、きっくんを追いかけ他の三人も歩き出した。

中に入ってみると意外なことがわかった。どうやらこの洞窟は人工物のようなのだ。風化が進み、崩壊する寸前という様子だが、確かに何者かが加工した石階段が四人を地下へと導いてくれた。

あるいは今は砂漠になっているここは、大昔は人が住む街だったのかもしれない。この大陸の各地には、どの文明のものともわからない遺跡が各地に点在する。

それらの遺跡を見て、かつてこの大陸には今とはまるで違う文明が存在していたのではないかなどという学者もいるらしい。

ＦＢ達は、今はもう存在しない街の姿を想像しながらも、慎重にあたりを見回す。そこはやや歪《いびつ》ながらも球状の空洞になっている。天井は抜け、上から柔らかな月の光が差し込んでいた。

中の地面は砂で満ちており、階段以外に人工物は見えない。あるいは、この砂を掘り返していくとさらなる人工物が眠っているのかもしれないが、今は太古のロマンを夢想している暇はなかった。

「何もないじゃん！」

「いや、誰もあるとかいるとか言ってないし。そもそもここに行こうって言ったのあんただし」

いつものように、きっくんは冗談か本気かわからないハイテンションで騒いでいる。

もちろん、大型モンスターがいないとわかっているからこんな大声を出していられるわけなのだが。

何より、比較的安全とわかっている場所ではしゃぐことで、全体的な緊張感を保つための息抜きになっているのだ。

「さて、次に行くか」

「あ、虫がいる」

ぽつりとエオエオが呟《つぶや》く。

「採取するぞ、って気合を入れてやってきたときよりも、こういう何かのついでで採取するときの方が、妙に良い素材が取れたりするんだよね」

「あなた、こういう時にそういうこと言っちゃダメですから」

嫌な予感がして横を見ると、思った通り、きっくんが目を輝かせていた。

「虫！　虫採りたい！」

「あ〜、ダメダメ、今度な、今度」

「何でだよぅ！　これでもしとんでもなく良い物が採れていた運命で、俺の装備が大進化してたりしたらどうしてくれるんだよ？」

「お前、裸じゃねーか！」

「裸じゃねーよ、インナーだよ。だいたい武器にだって虫素材使うじゃんかよ」

「お、きっくんが珍しく理論的な反論した！」

「ふっふっふ、あろま、考えが甘いな。俺は常に進化する漆黒《しっこく》の堕天使《だてんし》なのだよ！」

相変わらずのハイテンショントークをまき散らしながら、ＦＢ達はエリア６をあとにする。

むろん、大型モンスターと遭遇する可能性がある場所では、ハンターとしての常識に則《のっと》りながら（微妙に、むぐむぐと何か言いたそうにしている奴若干名を含む）、四人は探索を進めていった。

前回ドスガレオスと遭遇したエリア７には密《ひそ》かに期待していたのだが、何もおらず、今度も周囲に半ば埋没するような形で存在する小さな洞穴を見て回る。

砂漠地帯が空振りに終わると、次は岩山だ。

この山の中腹や、中にある大きめの洞窟などがエリアとして指定されている。これらを見て回ることになるのだが、できれば広い場所で遭遇したいというのが本音だった。

段差があると、どうしても登ったり降りたりでわずかながらこちらの動きが制限されてしまう。

むろん、今回も空振りのまま終わる可能性も大きいのだから、こうして考えあぐねていても仕方がないのだが。

「よし、次行くぞ、次」

こうして自分も含めて鼓舞しながら進んでいくのだが、予想通りというべきか、心配した通りというべきか、旧砂漠を一周してすべてのエリアを見回ってもそれらしい影を見かけることはない。

それでも諦《あきら》めず、さらに一周したものの、大型モンスターの姿はまるで見つからなかった。

3

硬い岩が砂の中から突き出し、まるでアーチのように輪を描いていた。

旧砂漠のエリア2側からこのアーチをくぐれば、目の前は安全な拠点である。基本的におもしろおかしくがモットーであるFBも、さすがにここに戻ってくるとほっとした気持ちになった。

間が悪いだけなのか、やはり今この狩り場に大型モンスターはいないのか、一向に進展のない状況にシビレを切らし、一度拠点に戻って休憩を取ることにしたのだ。

四人はとりあえずこんがり肉を食べ腹ごしらえを終える。

「ぷはぁ、食《く》った食った。さて、帰るかぁ」

「待てこら、何のために来たか忘れてるだろ？」

「えー、だってさ、もう明らかにナンもいないだろ、ここ」

「そんなのわからねぇだろ。よく移動する大型モンスターだったりしたら、何度もすれ違うなんてこと、よくあるじゃねぇか」

そもそも、マキシが見たものがなんだったのかという根本的な問題はさておき、そのモンスターがここを縄張りとしてしばらく腰を据えるかどうかでも違いが出てくる。

早い話、渡り鳥が羽を休めるのと同じ程度の意味合いで、ちょっと降り立っただけだったとすれば既にそのモンスターはこの狩り場を離れている可能性もあるのだ。

「こうなったら、どうせ裸なんだから、きっくんに囮《おとり》になってもらおう」

「んなっ⁉」

あろまほっとが相変わらず大胆な提案をしてくる。きっくんは、もちろん絶句した。

「しかし、きっくんはどっちかっていうとやせ型だからな。モンスターからしたら食べてもあんま美味《おい》しくなさそうじゃない？」

「囮にする前提で話すのかよ！」

「あ、それなら俺、いいもの持ってるよ」

きっくんの突っ込みは完全にスルーして、エオエオが自分のポーチからあるものを取り出した。

「ん？　なにそれ？」

「ハチミツ」

「ほうほう。これでなにをどうすると？」

「きっくんと調合したら、少しは美味しそうかなと。糖分《とうぶん》も補充できるし」

「エオエオさんそれナイス・アイデア」

「嫌じゃ――――！」

などと、馬鹿話を繰り広げつつ、休憩を終えると四人は旧砂漠の探索をする。

ただここで、四人は今度は逆のルートをたどることにした。つまり、砂漠側ではなく、北の出口から出発し岩山側から探索を開始するのだ。

深い意味は、実のところない。

後頭部に目がついていない以上、常に後ろ向きに歩いてでもいない限り、逆にエリアを辿《たど》れば見える景色が変わる。同じ場所を通るにしても、見える景色が少し違うだけで少しは新鮮な気持ちになれるというだけの話だ。

エリア1は南側とは違い、切り立った岩壁に囲まれ、いくつかの山道が複雑に合流して生じた空間だった。

ゲネポス達が数頭うろついているだけで、やはり何もいない。

切り立った岩壁が風を遮ってくれるため、ここはいくぶん冷気が和らぐ。おかげでホットドリンクを飲まずとも平気でいられるため、休憩中に効果が切れていた四人でも体力を消耗することなく探索を続けることができた。

「休憩中に考えてたんだけどな……」

「ん？」

広いエリアであるためか、あろまほっとは少し声を抑えながら話し出した。

「俺らはセルレギオスを探しに来たわけだけど、そもそも俺らの目的っていうか、やりたいのはセルレギオスを見つけることじゃないわけだよな」

「というと？」

「つまりな、俺らはあのマキシってやつの立場を悪くしちゃった気まずさで来ているわけだ」

ＦＢは周囲を警戒しながらも、あろまほっとの言葉に「うんうん」と頷《うなず》いた。

「となれば、別にセルレギオスを見つけることができなくても、街の連中の見る目が変わればいいんじゃないかと思うんだよ」

「イメージアップ作戦でもやるのか？」

「俺らがやってもあんま効果なさそう」

「てか、そんな地味な作戦、つまんねぇよ！」

横から口を挟むのは、やっぱりきっくんである。

「というかむしろ俺らが応援してたら、かえってイメージ悪くなるんじゃない？」

身《み》も蓋《ふた》もないことをエオエオが言う。あろまほっとの場合は毒舌なので考えて喋《しゃべ》っているのだろうが、天然のエオエオは時として、あろまほっとを凌駕《りょうが》するほどぐさりと突き刺さるひと言を発する。

「と、とにかくだ……」

あろまほっとはどうにか持ち直した。

がんばれ、負けるな、くじけるなと、ＦＢは思わず胸の中で声援を送る。

「マキシの面目を保つだけなら、何も実際にセルレギオスを討伐《とうばつ》しなくたっていいんじゃないか？」

「というと？」

「「ほぉ！」」

「セルレギオスを倒したことに、する！」

「「おぉ」」

「あるいは、見つけたことに、する！」

三人のどよめきが重なった。

「って、無理じゃん！」

思わずＦＢが突っ込んだ。

それも当たり前で、ハンターズギルドはハンターが行う狩猟全般について極めて優秀なサポート体制を敷いている。

　今回は正体のわからないモンスターを探し求めているが、この時点で既に、異例中の異例といっていい。

　通常なら、ハンターが狩猟に出かける前に、その狩り場の状況はハンターズギルドや関係する諸施設によって綿密に調査されているものだ。

　どこにどんなモンスターが出没しているのか、目的の狩り場がどのような状況なのか、ハンターの狩猟が少しでも安定するように驚くほど的確な情報が伝わってくる。

　そもそも、野生の生き物であるモンスターは気まぐれな存在だ。

　FB達が苦労しているように、見たと言われて駆けつけても、こうやってすれ違うこともある。

　広大な自然の中から狩り場を設定してくれているのも、これだけ苦労している今、どれだけ大変なことなのかよくわかるだろう。

　ハンターが獲得した獲物をハンターズギルドに引き渡すのも、そうすることがより平等に、社会全体のために活用してもらえるためである。

　その援助体制はFB達の目から見ても頭が下がるほど完璧《かんぺき》であった。組織力は、一個人が想像できないほど大きく、公平無私で、すべてのハンターの上に立つ存在なのだ。

　すべてのハンターが、どこでどんなモンスターを狩猟したのか、それは細大漏らさずハンターズギルドに報告しなければならないし、その際にもし嘘《うそ》を言ったとしてもすぐにバレるのだ。

悪事を働いたハンターには、ギルドナイトという特別に腕の立つハンターが差し向けられ処罰することもあるという。

「無茶苦茶無理じゃん！」

「いやぁ、そこはこう、下《した》っ端《ぱ》の職員にせっせと贈り物をするとか……」

「買収するのかよ！」

「犯罪じゃん！」

「ギルドナイトさーん、ここに犯罪者がいますよ！」

さすがのあろまほっとも、三人からよってたかって非難されて照れくさそうに頭をかいた。

「やっぱ無理か……」

「無理だね」

「かなりな」

「とにかく、こんな狩り場の真ん中で馬鹿話してるわけにもいかんでしょ。さっさと先に進もうぜ」

ＦＢがまとめると、四人は我に返って狩猟に戻る。

エリア1をさらに北の方へ向かうとエリア4に出た。そこは、この乾燥した旧砂漠には珍しく、澄んだ水を湛《たた》えた小さな泉が存在するエリアだ。

「あ……」

ちょっとした崖の上に出たところで、FBは小さく声を上げていた。

「何かいる！」

他の三人に警告しながら、FBは崖の縁で身を隠すように伏せる。

泉の近くに大きな何かがあったのだ。

最初、FBはその何かのことを岩だと感じ——すぐに打ち消す。ドスガレオスを討伐した前回を加えれば、都合三度もここを通りかかった。あんな大きな岩があれば気づかないはずがない。

そして岩はわずかに蠢《うごめ》く。

ここに至って他の三人もそれが何なのか感じ取り、気を引き締める。

「モンスター？」

小声で囁《ささや》いた、あろまほっとの言葉にFBは頷く。

「あれがセルレギオスか？」

「ちょっと、違うみたいだ。マキシの話では典型的な飛竜《ひりゅう》という体型らしいが、あれは……どっちかっていえば古いタイプの飛竜種に近い。……ティガレックスか」

代表的な飛竜種の体型としてまず思い浮かぶのは、先日も襲われたリオレウスだ。二本の脚で体を支え、長い首と小さな頭を持ち、大きな一対の翼を持つ。

距離が遠くて細かな部分はよく見えないが、視線の先にいるモンスターは翼を前脚のように使って体を支えているように見えた。

こうした特徴を持つ飛竜は、一般的に古代の形質を残した種だと言われている。そんな中で、岩のように見える――砂色に近い体色を持っているのがティガレックスだ。

あまり飛ぶことを得意とせず、左右の翼を前脚のように使うことで凄《すさ》まじい速度で移動し、また四本脚に近い状態であるために敏捷性《びんしょうせい》も高い。

何度か狩り場で出会った経験があるが、避《よ》けたと思ったらいきなり急角度で旋回し、背後から襲いかかられたこともあった。

力ある、モンスターである。

「なぁっはっはっはっは！　やっと出やがったか大型モンスター！」

だというのに、きっくんはその場で立ち上がって、両手を腰に当ててこともあろうに高笑いするのである。

「わぁっ！　ば、馬鹿ぁ！　狩り場でなに大声上げてんだよ！」

ＦＢは慌てて立ち上がり、きっくんを引きずり倒そうとするがもう遅い。

「グルウウゥウゥウゥ……」

視線の先にいた〝岩〟は低い唸《うな》り声を上げながらこちらに向き直った。

「きっくんが馬鹿なのは今更のこととして……」

さりげなく毒舌を挟み込みながら、あろまほっとが冷静に分析をする。

「ティガレックスなら、リオレウスみたいに空から飛びかかってくることはない。段差があればとりあえず逃げることぐらい――」

そんな、あろまほっとの言葉を遮るように、それが動き出した。

「ガアアアァァァァァァァァァァッ！」

全身を波打たせて大型モンスターが咆《ほ》える。

この時点で、ＦＢは違和感を抱いた。

しかし、

「飛んだっ！」

そんな微《かす》かな引っかかりが形になるより先に相手が動く。

「って言っても、ティガレックスなら……」

翼がほぼ前脚と言っていいほど発達したティガレックスは、やはり飛竜種の中では飛ぶことが苦手だ。

飛ぶことは飛ぶが、リオレウスのように飛び上がりながら襲いかかってくるような真《ま》似《ね》はできないらしい。

つまり、こうやって飛んだということはエリアを移動するのだろう。大型モンスターがハンターを見つけておきながら移動するのは珍しかったが、あり得ない話ではない——ほんのわずかな引っかかりを、常識が否定してしまう。

だが、現実が常識の斜め上を行くことが往々にしてあることを、FBはたった数秒で思い知らされるのだ。

舞い上がったそれは、一定の高さまで上昇したところで停止した。

そしてわずかに巨体が傾き、そのままこちらに向かって滑るように落ちてくる。

まるで猛禽類《もうきんるい》が上空から獲物に襲いかかってくるような凄《すさ》まじい速度で襲いかかってくるのだ。

逃げていくと思っていたところへの急襲。

体の動きが一歩遅れる。

辛うじて、地面を転がりながら避けた。体が、それが襲いかかってくるのとは別の方を向いていたから避けられただけだ。真正面を向いていたらとても間に合わなかった——それほどシビアなタイミングである。

当然、他の三人に警告する余裕などなかった。

「大丈夫か!?」

立ち上がると同時に振り返る。

三人とも、転がったり身を投げ出したりしながらどうにか一撃をやり過ごしたようだった。

次に確認したのはもちろん、たった今、自分達に襲いかかってきたモンスターの姿である。

「グォオォォォ……」

それは、目の前で低い唸《うな》り声《ごえ》を上げていた。

四本の脚でもって立ち、のしかかるようにして、いずれも腰砕けになって最初の一撃を避けたFB達を睥睨《へいげい》していた。

最初に言えること、それは、ティガレックスではない、ということである。

「なんだこいつ！」

体付きはよく似ている気がした。

やや細身だろうか。

最初に目につくのはその頭部にそそり立つ、まるでナイフのような巨大な角である。

全身にびっしりと生える鱗《うろこ》は他の飛竜より一枚一枚が際立ち、鎖帷子《くさりかたびら》のような頑丈な印象があった。

「まさか、こいつがセルレギオスなのか⁉」

誰も断言できるものはなかった。

ただ一つ明らかなのは、目の前のこの大型モンスターがＦＢ達に対して明確な敵意を抱いているということだけなのだ。

さっきと違って生々しいまでに近い。

それが放つ強烈な眼光。

はき出す吐息。

すべてが圧倒的な存在感を以《もっ》てＦＢ達の前に立ちはだかっている。身動きが取れないほど、重苦しい静寂がのし掛かってきた。

押しつぶされそうな重圧。

一歩間違えれば一瞬にして拠点送りになりそうな気配。

息苦しい。

そんな、瞬きする隙《すき》すら惜しい緊張感で張り詰めた静寂は、相手によって乱暴に打ち砕かれた。

「ガアアァァァァァァァァァァッ！」

ぶるぶると全身が波打つ。鎖帷子のように見えていた鱗が、鳥の羽毛か何かのように動くのだ。

観察することすら許さぬといった様子で、巨体が動く。

颶風《ぐふう》を巻き上げ、翼爪甲が弧を描いて襲いかかってきた。

「どわっ⁉」

不意を突かれたが、どうにか避ける。目の前を、それこそガララS《エス》シリーズの表面を削ってしまったのではないかと錯覚するほどの至近距離で、爪が掠《かす》める。

普段はおちゃらけている四人も、一瞬で狩猟モードに切り替えて散開した。

崖の上に陣取っていたのは、見つかり難《にく》いという意味では有利だったが、標的と相対して狩猟がはじまった今、ここは自由に動き回るには狭すぎる。

岩壁が邪魔をして、思うように距離を取れなかった。

そんな中、

「おっしゃあ、やってやるぜぇ！」

真っ先に突っ込んでいくのは、きっくんである。

「よせ、ばか！」

相手も四人の中で最初に動いた人間に、つまりきっくんに反応した。

それ――おそらくセルレギオスであろうモンスターは瞬時にきっくんに向き直り、そして全身を突き出すようにして襲いかかる。

たった一度だが、空中からの攻撃はリオレウス並に鋭く、飛翔能力の高さを見せつけたが、着地してからはティガレックスのような俊敏性を見せた。

そんなセルレギオスに対して、インナーだけというとんでもない格好をしているハンター――きっくんではひとたまりもなかった。

ちょうど踏み出したところ――つまり急な方向転換ができなくなっているところに突進を受け、きっくんはまともにその攻撃を食らう。

「うぎゃぁっ⁉」

岩壁にしたたかに叩《たた》きつけられ、一発で失神させられてしまったようだ。びろんと、だらしなく地面に体を投げ出す獲物に、セルレギオスはさらなる一撃を加えようと身構える。

しかし、それより先に、地面の中から飛び出すもの達がいた。

小柄な、人間の腰までほどの身長をした獣人種《じゅうじんしゅ》に属するモンスターの一種だ。モンスターと言いながらもその姿は愛らしく、見るものをとろけさせる愛嬌《あいきょう》に満ちていた。

「ニャー」

「ウニャ！」

「ニャニャニャニャニャー！」

「ニャンニャン！」

アイルーだ。

複数のアイルーが四方に散って、きっくんの体を「うんしょ」と持ち上げる。そのまま、セルレギオスの視線を浴びて冷や汗をかきながらも、きっくんを連れて隣のエリアへと逃げていく。

ハンターにとって、狩り場で気絶するのはもっとも恐ろしい事態の一つだ。

悪くすれば、そのまま大型モンスターの胃袋に納まってしまうなどという結末にもつながりかねない。

そんな、最悪の事態を回避するためにもっとも役に立っているのが、このアイルー達なのだった。

人間と接し、時には人間の社会の中に入り込んで暮らすものもいるほど知能が高いこの獣人族のモンスターは、狩り場においては返り討ちに遭って気絶したハンターを救助しベースキャンプにまで連れ帰る。

まことに残念ながら、無料奉仕ではない。

ハンターが依頼契約の際にハンターズギルドから約束された、依頼達成の暁《あかつき》に支払われる報酬から救助料金を請求されてしまう。

その額、報酬額の三分の一。つまり、三回依頼を失敗すると、依頼報酬がなくなってしまうということだ。これをもって、ハンターズギルドはハンターに対して依頼を失敗したという判断を下すことになる。

ともかく、アイルー達はハンターを救助することで小遣い稼ぎをしているのだ。

ただ、微妙にその扱いは乱暴だった。荷車に乗せられて拠点に運んだところで蹴《け》り落とされたりする。

現に、きっくんの体を四匹で——両肩・両足で持ち上げようとしているために、ぐったりと脱力した顔面が地面にこすれたまま運ばれていく。

がつんがつん、荒れた地面にぶつかって、きっくんの頭がかくんかくんと動いていた。

「ひでぇ……」

きっくんのことはアイルー達に任せ、さらに距離を取りながらFBは思わずそう呟いていた。

そうやって、きっくんのことを心配している隙《すき》に、あろまほっととエオエオとが動き出していた。

エオエオがア・ジダハーカを抜き放って斬《き》りかかる。

狙《ねら》いは後ろ脚。

多くの大型モンスターで、急所となりづらい代わりに頭部から遠いために比較的隙が多くなりやすい場所だ。

ドスガレオスを狩猟した時のように、相手を麻痺《まひ》させて隙を作るために、まずは一発でダメージを与えるよりも継続的に攻撃を加える。つまり手数を稼ごうという狙いがあるのだろう。

対して、あろまほっとはグラヴィトンハンマーを振りかぶって、大胆にも真正面から頭を狙って踏み込んでいった。

もちろん、あろまほっととてセルレギオスの動きを見切っているはずはない。ただ、相手の意識が完全に逃げていくアイルー達に向いていると容易《たやす》く想像できるため、虚を突いて一撃しようという魂胆なのだろう。

振り上げたグラヴィトンハンマーが、狙い違《たが》わずセルレギオスの特徴的な角が突き出た頭部に向かって振り下ろされた。

ずしん、と重々しい音を立てて、強烈な一撃が叩きつけられる。岩と岩が激突したような鈍い衝撃が、見ているこちらの奥歯にまで響いてきた。

「俺も、見てるだけじゃないってね！」

とっくにＦＢの体も動いている。

エオエオの逆側。

ちょうど、対角線上でセルレギオスを挟むようにして翼に走り寄り、王銃槍《おうじゅうそう》ゴウライ改《かい》を抜き放つ。

背負っている状態では二つ折りになっているそれを展開させながら、流れるような動作で突きを繰り出す。

穂先《ほさき》から伝わってくる感触は、固かった。

とても羽毛のように動く鱗の感触とは思えない。そこから考えられるのは、普通の飛竜種の鱗とは違う独特の構造をしているだろうことだ。

推論は途中で切り上げ、さらに突きを放つ。

重いガンランスの銃身を振り上げ、叩きつける。

そして砲撃《ほうげき》。

基本に忠実な動きで攻撃を加えると、盾《たて》を構えながらその場から飛び退《の》いた。

直後、思った通りFBがそれまでいた場所にセルレギオスのスマートな顎《あご》が嚙《か》みついてくる。スマートと言っても、それは巨大なセルレギオスの体と比べてのことだ。

人間の大きさと比較すれば、全身を丸ごと持って行かれそうな大きな顎が空間ごと嚙みちぎっていく。

ガンランスの盾があれば耐えられたかもしれないが、それを試してみたいとは、とても思えない迫力で鋭角な頭部が通り過ぎていった。

セルレギオスとやり合った経験はない。

それでも、他の狩猟で培った経験を応用することは、過信しすぎるのは危険だとしても不可能ではないはずだ。

「ぐぅっ！」

突進が来ると直感し、構えた盾に強烈な衝撃が叩きつけられる。

ＦＢとエオエオは武器種として盾を持っている。この二人が目立つように動いて、あろまほっとのハンマーによる強烈な一撃を叩き込む隙を作るのがいいだろう。

しかし、さすがに初見のモンスター相手ではそう思ったようにことが運ばない。いけるかと思った直後、セルレギオスが左右の翼を広げ、ぶわりと宙に舞い上がったのだ。

それは、体の中が空洞になっているのではないだろうかと思うほど軽やかな動きだった。

「何か来るっ⁉」

攻撃行動だということはわかる。

それでもさすがに次の動きは読めなかった。

セルレギオスは翼を大きく広げ宙に浮き、しかし中途半端な高さで滞空する。それがＦＢ達を上から攻撃するための最小限度の跳躍だと気づいたのは、頭上という人間にとっては構造的な死角を突いて放たれた攻撃で、あっけなく吹き飛ばされてしまったあとのことだった。

「げふっ⁉」

崖から転げ落ち、一番下の地面までいってようやく止まる。軽く目が回り、頭を振りながら立ち上がると、同じように何らかの攻撃を食らってエオエオと、あろまほっとが地面の上に転がっていた。

三人がかりという数の有利が崩れた途端、この始末である。

「あろま！　エオエオ！　こっちに合流しろ、ここならまだ動きやすい！」

下なら広さがある。

そう思って声を張り上げたが、それがかえって事態を悪化させたのか、セルレギオスが先程よりも大きく翼を羽ばたかせて舞い上がる。

まるで滑るように飛ぶセルレギオスは目にも留まらないような速度で大きく旋回し、一瞬でＦＢの背後を取った。

「しまった⁉」

死角に回り込んだ途端、セルレギオスは墜落するような速度で襲いかかってくる。

盾での防御が間に合わず、ＦＢは再び地面に転がされた。

「待たせた！　助けに来たぞっ！」

そこで合流してきたのは、ついさっき失神させられたばかりのきっくんであった。

あろまほっととエオエオに合流し、三人でこちらに向かって走り寄ってくる。対するセルレギオスは、三人に向き直り、そしてジャラジャラとまたもや鱗を波打たせた。

側で見ていたＦＢは今度こそその構造を理解する。

一枚一枚がナイフのように長く、そして根元から柔軟に盛り上がるようになっているらしい。

一枚一枚の鱗は固く、側で見ていると鱗同士がこすれ合って嫌な音を立てている。

自分を大きく見せるための仕組みなのだろうか。

そんなことを考えていると、ひと際大きく鱗を波打たせ、そしてその反動を利用してセルレギオスは鱗を――飛ばした。

「んなっ⁉」

きっくんは仰天してその場で棒立ちになった。

まるでボウガンから撃ち出された弾丸のように、セルレギオスの鋭く尖《とが》った鱗が三人に襲いかかる。

「うわおっ！」

幸運と言うべきか、悪運と言うべきか、きっくんは棒立ちになったおかげでちょうど足の間を通り抜け、背後に鱗が突き刺さった。

下手に動いていれば、左右どちらに動いたところで足に当たっていただろう。

他の二人はまともに食らってしまった。しかし、きっくんとは違い、しっかりと防具を身にまとっている二人は一撃程度なら耐え抜いてくれるだろう。

思った通り、鱗は防具に突き刺さっているものの、その下の体に深刻なダメージを与えるまでには至っていない。

そんなＦＢの予想を嘲笑《あざわら》うかのように、深々と防具に突き刺さったそれは、わずかな時差を置いて炸裂《さくれつ》した。

もんどり打って二人が倒れる。

そんな仲間達に注意を奪われ相手からほんのわずかに目を離した隙に、セルレギオスはその巨体を素早くＦＢに向けていた。

「やばいっ⁉」

視線がまともにぶつかる。

ナイフのように突き立った角が特徴的な頭部にある一対の目。

そこから、ＦＢを射貫《いぬ》くかのように強烈な眼光が放たれている。見られているというそれだけで、まるで針か何かで地面に縫《ぬ》い止《と》められているかのように体がこわばって身動きが取れなくなっていた。

身動きが取れなくなっても、目の前の状況だけは刻々と動く。

セルレギオスは身構え、その大きな体に力を込める。

まずい――そう思った瞬間には、ＦＢの体は強烈な衝撃で吹き飛ばされて宙に舞っていた。

噛みつく、鱗を飛ばしてくるなど、もっと危険な攻撃はあったのに突進を選んだのは、それは本気を出すまでもない相手を軽くあしらおうとしただけなのかもしれない。そんなことを考えながら、ＦＢは意識を失った。

4

セルレギオスの初狩猟は散々な結果に終わった。

まず、遭遇までに時間がかかりすぎたせいで集中力が途切れ、見つけても他のモンスターと見間違えたおかげで動きが遅れ、しかも狭い場所に留《とど》まっていたおかげで一気に不利な状況に追い込まれた。

特に危険なのはあの鱗である。

あろまほっととエオエオは、刺さった鱗が防具で止まっているように見えていたのだが、直後に鱗自体が弾けることで大きなダメージと裂傷を負ってしまった。激しく動くとさらに傷口が広がってしまうのだ。

やはり、セルレギオスはとんでもなく厄介な相手である。

「あ〜、酷《ひど》い目に遭った」

「やっとドンドルマかぁ」

「どうにか帰れた……」

「もうくたくた」

四人が四人ともぼろぼろの、酷い有様でどうにか帰り着いた。宿を取って体を休め、腹一杯に飲み食いしたいところだったが、とりあえずマキシを探し出して懸案を片付ける方が先だった。

親切心からというよりも、そうでなければ気になってせっかくの食事が堪能できなくなるという、ごく個人的な理由からである。

ドンドルマの街は広い。

言うまでもなく、広い。

とんでもなく広い。

こちらから探し出す方法を何も考えていなかったことを、街に戻ってきてから気づいて途方に暮れかけたのだが、幸い――と言っていいのか悪いのか、マキシを知る人物は簡単に見つかった。

悪い意味で、足止めされた行商人などはだいたいどのあたりにいるかをすぐ教えてくれた。

マキシと再会し、もっとも和解したいだろう例の三人組の少年達を集めるのは比較的簡単だった。

「まったく、こっちも忙しいっていうのに、おっちゃん達ナンの用なんだよ？」

小憎たらしい少年達の言葉に、ＦＢは苦笑を浮かべ、きっくんは「むきぃ」と苛立《いらだ》ち、あろまほっととエオエオは「お、おじさんて言われた」とショックを受けていた。

「今日はだな、お前達が揉《も》めている問題をお兄さん達が解決するために集まってもらったんだよ」

三人組の少年達は疑わしそうに、マキシも不安そうに、している。

「で、おじさん達は何を解決してくれるんだよ？」

くっそぅ、生意気なクソガキめぇ、と正直に言えば腹の中でぐらぐら煮立ってきているのだが、どうにか大人げない真似は我慢しながら——しかし、次におじさんて言われたら我慢しないことにしようか、などと決心をぐらつかせながら、ＦＢは自分達の成果を発表することにした。

「実はだな！　俺達はついさっき、ドンドルマに帰って来たんだけど、どこから帰って来たと思う？」

苦労の末に掴《つか》んだ情報であるため、多少は勿体《もったい》つけたくなってそう聞く。

しかし少年の反応は冷たかった。

「別に」

「興味ないし」

「聞いて欲しかったらさっさと喋ってよね」

ぶちぶちと、頭の血管が切れそうな気配が伝わってくる。さすがに笑みを引きつらせながら、ＦＢは勿体つけることなど諦めとっとと終わらせる方針に切り替えて口を開くのだった。

「あっとだね、実は君らがいるかいないかで言い争っていたセルレギオスな、いたぞ！」

「えっ⁉　マジでっ⁉」

マキシが目を輝かせる。

しかし、三人組の反応は、やはり冷淡だった。

リーダーらしき少年が、まっすぐに手を差し出す。

もちろん、マキシに握手を求めたりしたわけではない。差し出した相手も、マキシではなくFBである。

「証拠は？」

「……は？」

思わず、サングラスの中で目が点になった。きっくん、あろまほっと、エオエオの三人も似たり寄ったりである。そんな四人を前に、少年はやれやれとため息をついた。

「おじさん達も大変だよね。こんな嘘つき野郎に同情して、一芝居なんて打っちゃってさ」

「んな⁉」

僕らそんな芝居につき合うほど暇じゃないから――三人組はそう言って立ち去った。

「ご、ごめん、あいつら性格悪いから」

おろおろとしながらどうにかこちらを気遣うマキシの言葉など、今の四人の耳を素通りしてしまう。

「俺、怒ってもいいよね！」

街角であることなど顧みず、きっくんは思わずといった様子で声を上げる。

「おぅ、怒ったれ怒ったれ！」

と、ＦＢも即座に同調する。

他の二人も怒りに打ち震えながら「うんうん」と頷いている。ニットの覆面《ふくめん》と般若面《はんにゃめん》とで見えないが、おそらくその下では青筋を浮かべて怒っているのだろう。

「もう、許せねぇ！　証拠だとぉ！　おーし、やったろうじゃねぇか～～～っ！」

だーと拳を振り上げると、他の三人もまた「やるぜ」「やったるぜ」と奮起する。

5

マキシの日常は奇妙な平穏を取り戻した。

喩《たと》えるなら、台風の中心。

周囲を問題が取り巻きザワザワと落ち着かない気持ちにさせるというのに、表面上は何事も起こらない。

友達は相変わらず出来ないままだが、グレウモの仕事を手伝うなどやるべきことは山ほどある。

大人達は、マキシの言ったことを、単なるいたずらとして、多少は悪質だったとしてもそれ以上は追及しないことにしたらしい。

裏で、グレウモが謝ってくれている場面を何度か見かけた。責任を持って叱《しか》っておくからと抗議しに来た人に謝ってくれていたのだ。

マキシの代わりに頭を下げさせることに罪悪感があった。

それ以上に、本当のことをどうしてわかってくれないのだという怒りがあった。

そのマキシ自身の動きはと言えば、普段なら真っ先に動いて自分で信じてくれない周囲の人間――子どもだろうと大人だろうと構わず噛みついていただろう。

しかし今は、ＦＢ達に何が真実なのかを確かめる役目を委《ゆだ》ねてしまっていた。彼らがどうして力になってくれるのかはわからないが、それでもマキシが彼らを巻き込んだことが真実である以上、勝手に動き回るわけにはいかなかった。

任せると言ったのに動くのは、それは彼らを裏切ることになる。

そのぐらいのことは理解できた。

今、ＦＢ達四人は、マキシが世話になっているグレウモの家の近くに宿を取り、そこを拠点として色々活動していた。

先日から、思い立ったが即行動という行動力を見せていた彼らにしては慎重で、数日をかけ近くの狩り場でハチミツやら何やら、狩りで使う道具を補充したりハンターズギルドに問い合わせて情報を集めたりしているらしい。

そんなある日、マキシは街の屋台で休憩していた四人の許《もと》を訪ねていった。グレウモに差し入れを持たされたからである。

「お、マキシじゃない。どうしたんだ？」

ここ数日ですっかり馴染《なじ》んだのか、ＦＢは親しげに手を上げてマキシを迎えた。

「あ、グレウモさんが差し入れだって」

「お、キングターキーのステーキ！　サンキューサンキュー」

「おぉ、しかもキングトリュフ添え！　豪華絢爛《けんらん》！」

口笛を吹きながら四人が歓迎してくれた。

「……あのさ、聞きたいことがあるんだ」

「ん？　ふぁんだい？」

さっそくステーキを頬張《ほおば》りながら、ＦＢが問い返す。

「あのさ、まだ続けるつもりなの？」

もちろん、セルレギオスのことである。

三人組に挑発される形でFB達は狩猟の続行を決めた。あの時は完全に頭に血が昇っていたから反射的に「やってやる！」と答えても無理はなかったと思う。

しかしあれから何日かが経《た》ち、四人も冷静になっただろう。

そうであるなら、こんな、よくわからないモンスターをいきなり狩猟しようと突っかかっていくことの無謀さがわかるはず。

そんなことは、素人のマキシが指摘するまでもなく、ハンターの四人ならわかるだろう。

だというのに地道に準備を続けている四人に疑問を覚えた。このまま甘えてしまってもいいのだろうかという疑問だ。

「あん？」

最初、何を言われているのかわからないといった様子で、首を傾《かし》げた後、

「というか、ナンでそんなことを聞くのかね？」

心底不思議そうにそう尋ねた。

「いや、なんでって……」

そもそも、不思議なことが多すぎる。

ほとんど赤の他人だ。

そのマキシのためにどうしてここまでしてくれるのかがわからない。

わからないといえば、この四人のことがわからなかった。

「みんなはさ、楽士《がくし》を目指してたんだろ？」

「おわ、なんでそんなことを知ってるんだ？　まさか俺らのストーカー⁉」

「いや、ストーカーがつくほど有名じゃねぇし」

あろまほっとが冷静に切り返している。

「と、とにかく、そういうのじゃないよ。知り合いのおじさんが、みんなのことを調べてくれたんだ。怪しい人じゃないかって……」

セルレギオスに挑み続けるよりも、怪しい人扱いされた方がよっぽど応《こた》えたのか、四人が四人ともがっくりと肩を落とす。

「いや、確かにニット覆面に般若面だもんなぁ」

「俺らのせいかよ？」

エオエオが不服そうに反論する。

「怪しさ爆発だしなぁ」

きっくんは素顔を見せているだけに、涼しい顔で二人を糾弾《きゅうだん》する。しかしそもそも、怪しいという点においていうのなら、

「いや、裸族《らぞく》のお前の方がよっぽど怪しいから」

あろまほっとは、自分が言われただけに遠慮なく突っ込みを入れる。

「んなっ⁉　俺が怪しまれている⁉　そんな馬鹿な話が……」

と、言葉を切って、きっくんは周囲を見回した。

「怪しいなぁ」

「怪しいよね」

続けざまにＦＢとエオエオに断言されて、きっくんは最後の頼みの綱とばかりマキシの方を見てくる。

「あ、と……」

付き合いが長そうな三人とは違って、マキシには感じたことを感じたままに言葉にするにはまだ遠慮があった。

もちろん、怪しいに決まっている！

しかし、よっぽど普段から色々言われているのか、マキシの視線だけで言わんとしているところが伝わったのか、きっくんは「ひでぇ」と拗《す》ねはじめた。

「あ、いや、まあ、みんなの姿形がどうこうとかじゃないから……」

「おぉ、友よっ！」

マキシがそう言うと、きっくんはガラッと態度を変えてマキシの手を握る。

年寄りの方が若者の斬新《ざんしん》な言動には理解がないと相場は決まっている。とはいえ今回の場合、少なくともグレウモが心配してくれたのは、立場が悪くなっているマキシにつけ込んでなにか騙そうとしている輩《やから》ではないかということだから、基本的に外見や言動とは関係がない。

――ない、はずだ。

「こうなったら、一緒に年中インナーで通すポリシーを貫く同盟を築くしかない！」

「いや、それはお断りだから！　絶対！」

さすがにマキシは慌てて断る。

「だから、みんなが本当は楽士を目指しているなら、どうして今ハンターをやってるのかなって」

放《ほう》っておいたらいつまでも馬鹿話が続きそうな勢いだったので、マキシは強引に話題を戻した。

「もしそうなら、例えば生活のためにハンターをやってるだけなら、こんなセルレギオスみたいな得体の知れないモンスターの相手をしなくてもいいんじゃないかって」

ＦＢ達がマキシに肩入れする理由がない。

それなら、無理をさせるのは気がひけるのだ。

「どうしてと言われても……」

ＦＢは腕組みをして考え込む。

自分のことなのに、本気で考え込んでいる様子だった。あろまほっとやエオエオ、きっくんの方を見る。それぞれがやはり、考え込んでいる。

「なんでってそりゃ……」

「あ～、なんでかなぁ」

「それはやっぱり売れなか――」

エオエオが何か言おうとした言葉を、FB、きっくん、あろまほっとの三人が頭をはたいて黙らせた。

「痛い。なにすんだよ」

「それは禁断のセリフですよ、エオエオくん！」

FBは芝居がかった調子でそう言うと、マキシに向き直った。

「確かに、楽士を目指してるし、最初から楽士として大成功してたらハンターもやってなかったかもしれないけど……」

そこまで言ったところでFBは言葉を濁《にご》し、

「まぁ、人生色々あるってことだよ」

などと誤魔化した。

「でも、それならハンターは本当にやりたいことじゃないんでしょ？」

その質問にも、FBは困ったように考え込む。

しばらく考え込んでから、

「いや、別に、楽士になりたいからって、ハンターをやっちゃいけないって法はないと思うんだよな？」

「そりゃそうだけど……」

やりたいことに全力を注ぐ。

それ以外の道は、ただの脇道なのではないだろうか。

脇道なら脇道でいいのだ。しかしならばＦＢ達にとって脇道でしかないハンターという仕事で、どうして今回のように一生懸命やるのかがわからないのだ。

「俺、そこがわからないんだよ！　本気でやりたいことじゃないんだったら、どうしてこんな苦労を続けるのさ」

生態がよくわかっていない大型モンスターに挑み続けるなど危険きわまりない。本当なら、もっと人数をかけて周辺の様々な角度――それこそどんな気候で、どんな時間帯に活動するのか、どんな食性をしているのか、そんな、狩猟とは直接関係のないようなことから徐々に調べていく。

ハンターだけではなく、ハンターズギルドや書士隊の隊員達が情報を集約し、広くハンターに対して還元しているのだ。

その上でさらに、何組ものハンターが入れ替わり立ち替わり、様子見を前提として挑み生態の情報の蓄積と確認を行っていく。

そうして充分準備が整って、初めて本腰を入れて狩猟する――すべてがすべてではないにせよ、そうした手順を踏むことが珍しくはない。

だというのにFB達は、多少の準備をしている様子ではあるが、いきなり本気で挑もうとしているのは見ているだけで明らかだ。

本気でやりたいことが軌道に乗るまでのつなぎなら、こんな苦労を背負い込む必要はない。

マキシとしては、四人にはもうセルレギオスから手を引いてもらってもいいと思っていた。もちろん、今の平穏は一時的なことだろう。

ドンドルマに居づらくなったら、それはそれで、もういいと思うようになっていた。だから、関係がない他人をこれ以上危険な目に遭わせるのは気が引けるのだ。

「俺、前もちょっと言ったけど、モンスターに詳しくて、本当はモンスター博士になりたいって思ってた。でも現実は、なりたいとか、ちょっと好きとか、そんなんで思い通りにはいかないんだ」

どうやらマキシは商人の道を歩むことになりそうだ。

しかし、本当に諦めるのか。

諦められるのか。

商人になったところで、本当に本気でがんばれるのか。

このまま進んでいいのか。

マキシにはわからないことだらけだった。

ＦＢ達を見ていて、自分と同じ悩みを抱えているんじゃないのか、そんな疑問を抱いたのだ。

「ん〜」

一瞬、笑われてしまうかとも思って身構える。しかしＦＢは笑わず、ほんの少しだけ困ったような表情を浮かべて頷いただけだった。

「あれだ、そもそも君と俺の考え方が同じかどうかわかんないけど、俺は別にハンターのことを脇道だなんて思っちゃいないんだよ。確かに楽士を目指してる。ドンドルマに来る時は一流の楽士になってるもんだと思ってたけど、実際にはハンターだもんな」

人生不思議なもんだよなぁ、などと言いながら自分で自分の言葉に頷いている。

「ただ、ハンターやってるのも本気だ！　本気で面白そうだと思ったからハンターやってる！　ハンターとしての道を極めて、そうしたらハンターの気持ちのわかる楽士として普通の楽士には奏でられない音楽に巡り会えるって信じてるんだ！　そうなったら絶対楽しいって、そう思わん？」

自分の言葉に照れたのか、ＦＢは「だははは」と大げさに笑う。ただ、その言葉にわずかな嘘も感じられなかった。

いつもなら騒がしく場を引っかき回す他の三人もＦＢの言葉をただ満足そうに聞いているだけだった。

「まあ、気が合うこいつらと出会えなかったら、ひょっとしたらこんなふうに考えられなかったかもしんないけどね」

「ぶぅっ！」

ＦＢが言うと、きっくんがいきなり噴き出した。

「ぶあはははははっ！　うっわ、ＦＢってばハズい！　なに真顔で語ってんのよ！」

きっくんが引き金になって、あろまほっととエオエオも爆笑し出した。

「ばっか、笑うなって！　自分で言いながらそう思ったよ、めっちゃハズいじゃん、俺！」

ＦＢも一緒になって大笑いする。

「というか、君も俺らみたいなちゃらんぽらんな人間に、人生相談してるんじゃないの！」

最後には、照れ隠し半分にマキシが怒られてしまった。

「ま、なんだな、別に君のためだけにやってるんじゃないんだ。生態がわからないモンスター？　危険？　だからこそ面白いってもんでしょ？　だからこそ燃えるんだよ」

四人は、マキシと同じだと言った。

しかしその眼差《まなざ》しを見ていると、やはりハンターは違うと思い知る。

「でも、セルレギオス、危険でしょ？」

マキシがおずおずとそう問うと、その瞬間ＦＢの口元にニヤリと自信ありげな笑みが浮かんだ。

「はっはっは、我に秘策ありだ！」

両腕を腰に当てて胸をふんぞり返らせる。

「えっ⁉　じゃあ、狩猟できるの⁉」

「だははは。まあ、大船に乗ったつもりで俺達に任せたまえよ！」

大見得《おおみえ》を切るＦＢの横合いから、もはや慣れっことなった声が割り込んでくる。

「ＦＢの言うことだから、話半分に聞いといた方がいいかもよ」

あろまほっとである。

「ふっふっふ、あろまくん、野暮《やぼ》なことは言いっこナシですよ。凡人ならともかく、この稀代《きたい》の策士、ＦＢ様に不可能はないですから！」

「うわ、余計に心配になってきた」

そして再び、誰からともなく爆笑の連鎖が巻き起こる。

四人の様子を見て、不真面目な態度とは思わなかった。不真面目というには彼らの言動は自然体で、誰よりも狩猟生活にのめりこんでいる、そう見えたのだ。

マキシはしばらく彼らに委《ゆだ》ねることにした。頼るとか、やってもらうとか、そうしたことではなくただ、彼らが何をやるのか、何を見せてくれるのか、それをもう少しだけ見ていたい気持ちになったからだった。

第三章　このお方、いくらなんでもスゴすぎでしょ！

1

三位一体《さんみいったい》、
三度目の正直、
仏の顔も三度まで、
「三」にまつわる言葉は多い。
とにもかくにも、三度目である。
普段の行動範囲に入っていないために最初は物珍しかった旧砂漠《きゅうさばく》という狩り場も短期間に何度も訪れてはさすがにそろそろ緊張を保つのが難しくなってしまいそうだ。
四人はひとまず拠点《ベースキャンプ》で狩猟開始の準備を整えた。同じ狩猟開始の準備でも狩り場が異なれば気分も変わるものだが、もはや慣れ親しんだ感がある。幸い、あろまほっととエオエオの裂傷も既に癒えていた。コンディションだけは万全である。

今回も夜。

先日はたどり着いたタイミングがたまたま夜だったわけだが、今回は少しでもセルレギオスと遭遇した条件を変えたくなかったために狙《ねら》って夜に訪れたのだ。

――のだが……。

「あぁ、やっちまったぁ〰〰！」

拠点で、FB《エフビー》は頭を抱えて座り込んでいた。

今だけではなく、ドンドルマから旧砂漠にたどり着くまでの道中でもずっとこの調子だった。

きっくんの代わりに今回はFBがホットドリンクを忘れた……わけではない。

「まぁ、派手に大見得《おおみえ》切っちゃったもんねぇ」

ひと足先に準備を終えていたエオエオがニヤニヤしながらそう言った。もちろん、顔面をすっぽり覆うオウビートテスタを被《かぶ》っている以上、見えはしないのだが、声と雰囲気で丸わかりだ。

「FBの大ボラ吹き〜」

きっくんが即座に茶化《ちゃか》す。

「実際、なんも見つかってナイもんなぁ」

あろまほっとも、さすがに呆《あき》れた声でそう言った。ここまでの道中、ＦＢがゲリョスの死にマネのようにぐったりとしたまま荷車に揺られていた時には遠巻きにしていた三人は、ここぞとばかりチクチクと突っ込んでくる。

本当にＦＢを非難しているわけではなく、ここでからかっておくのがオイシイという感覚なのだろう。

実は、あれだけマキシに対して大見得を切った「秘策」だが、まったくの出任せだったりする。

ドンドルマの街で下準備をしている間、ハチミツや回復薬《かいふくやく》、こんがり肉などの基本的な道具類を補充する一方、セルレギオスの情報も集めていた。

古龍《こりゅう》観測所《かんそくじょ》や書士隊隊員、ハンターズギルドなど、ドンドルマの街の中にある手がかりを得られそうな場所は勿論《もちろん》、街中に留《とど》まらず、あちらこちらを巡り歩いている四人が知り合った、モンスターに詳しい人達にも便りを出して尋ねてみたのだが、どの方面からもまだ直接狩猟に役立ちそうな手がかりは得られなかった。

どこにも情報がないのだ。

名前や、外見の特徴を書き記した資料は出てくる。それすら数は決して多くないのだが、ＦＢ達が欲しい生態や習性を記した狩猟《しゅりょう》の手がかりになりそうな情報がともかく出てこなかった。

おそらく情報を集め、まとめるだけの、狩猟を行った実例が圧倒的に少ないのだろう。セルレギオスが旧砂漠に存在しているのは確かだが、表向き、これ以上マキシの立場が悪くならないようにこの問題はＦＢ達の中だけに留めている。

かといって、今すぐハンターズギルドがセルレギオスに気づいて動き出してくれるかというと、それはさすがに虫がいい話だろう。

ハンターズギルドさえ動き出せば、ＦＢ達よりも能力も経験も上のハンター達に任せてしまえるのだが、結局のところ自分達でどうにかするしかないのである。

「「なのに、任せたまえよ！　とか言い切っちゃうから」」

今度は三人きれいに声を合わせてそう言った。

「だぁっはっはっはっは！　そんな状況でも楽しんでしまうのが、僕達じゃありませんかみなさん！」

完全に開き直る。

普通の人間なら無責任だと怒るところだが、

「「ですよねぇ！」」

きっくん達はためらうことなくノってくる。

こういうところは非常にありがたかった。

そして、表面上は面白がっているように見えて今度こそ本気を出していた。他人が見たらおちゃらけた態度に見えたとしても、ＦＢ達はＦＢ達なりに、真面目にこの狩猟に取り組んでいるのだ。

その証拠の一つが、きっくんである。

燕尾服《えんびふく》に、シルクハット。まるで礼服のような装いであった。だがそれは歴《れっき》としたハンターが狩猟に赴くための防具であって、飛甲虫《ひこうちゅう》の堅殻《けんかく》や飛甲虫の羽などブナハブラの素材を使って巧妙に見せかけているブナハＳ《エス》シリーズである。

遊び心と装飾性と、そしてもちろんハンターがまとう防具としての性能を併せ持つ、きっくんらしい選択であった。

しかし問題はそこではない。

そう、あのきっくんが、あのきっくんが防具を身にまとってきたのだ。これが本気でなくてなんなのかということを、仲間であるＦＢは充分に理解していた。

そして、あろまほっと。

こちらはハンマーを持ち替えていた。一見すると、ぐにょぐにょと柔らかそうな感触を想像してしまうのは槌頭《つちがしら》のモチーフのせいだろう。

まるで長く伸びたフルフル亜種《あしゅ》の頭をぶつ切りにして、その根元をきゅっと固結びにしてしまったかのような、かなり特徴のあるデザインをしたそのハンマーはブリードパッシングである。

フルフル亜種の赤い体色と、ケチャSシリーズの赤が重なって、見ていると目がちかちかしてきそうな装いになっていた。

前回の狩猟で使っていたグラヴィトンハンマーと比べると、段違いに強力なハンマーというわけでもない。

むしろ、単純な破壊力だけを比べるとわずかながら弱くなっているのではないだろうか。狙《ねら》いはまったくわからない。

一々それを問いただすつもりはなく、狩猟の中で彼の意図が見えてくるだろうことを期待して、楽しみにすることにした。

「でも、まじめな話、こっからどうするの？」

エオエオの質問に、ＦＢは少しだけ考えて頷《うなず》く。

「とりあえず、動きを見る」

「基本だねぇ」

マキシに大見得切ったのとは大違いの、ごくごく当たり前の方針である。ただ、見慣れない、しかもあれだけ激しく動き回る攻撃的なモンスターを相手に対して行うのはかなりの覚悟が必要となる方針でもあった。

「とかなんとか大げさに覚悟を決めたのに、セルレギオスはどっか行ってたりしてな」

「うわ、水差す人がいるよ」

もちろん、あろまほっとである。

「とにかく、行くぜ！」

ＦＢは立ち上がる。

すると、それまではなんだかんだと文句を言ったり茶化《ちゃか》したりからかったりしていても、三人とも何も言わずにあとをついてきてくれるのだ。

2

三度目の旧砂漠。

もはや景色自体に見るべきものはなく、前回、前々回との違いに気を配りながら進むだけだった。

セルレギオス自身ではなくとも、立ち回りにくくなる厄介な小型モンスターというものはいるもので、大型モンスターとやりあっている緊迫した状況で、そうした小型モンスターが割り込んで来れば一気に状況が悪くなるからだ。

また、ハンターズギルドによれば、今この旧砂漠の状況は不安定でさらなる大型モンスターが乱入してくる可能性も捨てきれないらしい。

大型モンスターが二頭——想像しただけでも絶望的だ。

その最悪の状況が起こっていないかどうか、神経を研ぎ澄ませて狩場の空気を観察しているのだ。

もちろん、セルレギオスの居所も探さなければならない。

あの体の大きさから、エリア6、8、9の小さな洞窟には入っていかないと判断して、それ以外の開けた場所を中心として探索を進める。

前回のように旧砂漠を延々と歩き回ることも覚悟していたのだが、一度出会えたからなのか、セルレギオスは今度は一周であっさりとFB達の前に姿を見せた。エリア10――切り立った岩場に囲まれ小さな谷のようになった場所である。

いくつかの段になった崖の上。

あたりを睥睨《へいげい》するようにして巨大な影が佇《たたず》んでいた。

黄砂色……、あるいは、見ようによっては黄金色にも見える鱗に全身を覆われた巨体に、ナイフのように尖《とが》りそそり立つ特徴的な角を持った飛竜種《ひりゅうしゅ》。間違いなくセルレギオスである。

FB達のことを覚えていたのか、セルレギオスはこちらを見つけたと同時に全身を緊張させ迎え撃つ態勢を整えた。

じゃらじゃらと全身の鱗《うろこ》を波打たせて威嚇《いかく》する。

「おぉ、あちらさんもやる気満々じゃねぇか！」

具体的な方策は何も立てられていないままだったが、それでもFB達の側も、まるでセルレギオスとお互いに引かれ合うかのように気合いだけは充分だった。

ＦＢ達がそれぞれの武器を構えるのと同時にセルレギオスが動く。人ならばよじ登らなければならないような段差を、その飛竜はものともせず、平地を走るのとまるで遜《そん》色《しょく》のない速度で突進しながら襲いかかってきた。

地響きを立ててやってくるそれを、ＦＢはガンランスの盾《たて》を使ってかすらせるようにしていなし、他の三人はいち早く突進の進路から離れて避ける。

ずしんと、強烈な衝撃が全身を突き抜けていった。

盾越しに、しかも正面からまともに受け止めたわけでもないのにもう少し力を抜いていれば吹っ飛ばされそうなほどの威力である。

ＦＢを通り越して突き進んだセルレギオスは、エリアの端まで行ったところで四つの脚を使って素早く方向転換をする。

その姿はまるで、今度こそ獲物を逃がさないように、ＦＢ達がやって来た道を塞《ふさ》ぐ意図があるかのように見えた。

「ガアアアァァァァァ……」

低い唸《うな》り声を上げながら、四方に散ったＦＢ達を睨《にら》みつける。

「なろぉ、まずはやれるとこまでやってやる！」

距離を詰め、王銃槍《おうじゆうそう》ゴウライ改《かい》を抜くと同時に突きを放つ。

しかし、ガンランスの穂先《ほさき》が鱗に触れる直前、セルレギオスはぶわりと宙に舞い上がった。

翼を大きく広げ、ＦＢの目の高さにまで上昇したところで器用に静止する。ただ高く舞い上がるだけではなく、こんなふうに繊細に高さをコントロールできるということこそ、このモンスターの飛翔能力の高さを証明するもののように思えた。

飛ぶということに関して、セルレギオスは高さも速度も、自由自在に操れるということなのだ。

そして突きを繰り出すために一歩踏み込んでいたＦＢは、完全に誘い込まれた形になっていた。

「やべ⁉」

慌てて、盾を構える。

直後その表面に、強烈な衝撃が襲いかかってきた。全体重をかけてセルレギオスが蹴《け》りを放ってきたのだ。

「強烈っ！」

腕を貫き肩まで衝撃が突き抜けていった。

「いってぇ」

一撃を凌《しの》ぎ、砂煙をあげてセルレギオスが着地している隙《すき》にＦＢは慌てて距離を取った。完全にＦＢに狙いを定めているセルレギオスの死角から、エオエオがア・ジダハーカを抜き放って斬《き》りかかる。

おそらく頭部を狙っているのだろう、あろまほっとは間合いを保ったままチャンスを窺《うかが》っていた。

それが正解である。

比較的反撃されにくい後ろ脚という狙いどころは、より積極的に攻め込める。逆に一撃の威力が大きいハンマーで、さらに、相手の弱点であることが多い頭部を狙おうというのなら慎重すぎるほど慎重であってもおかしくはない。

頭部を狙うということは真正面から仕掛けるということ。

つまりセルレギオスの視界に入るために反撃を食らいやすいということだ。

なのだが……。

「ここで俺、漆黒《しっこく》の堕天使《だてんし》たる、きっくんが華麗に登場！」

などと叫びながら、ディオスアックス改を抜き放ちながら駆け込む。

折りたたまれていたスラッシュアックスが、きっくんの操作で斧《おの》の形状に展開しながら振り下ろされる。

やや横から踏み込んだため、きっくんの狙いは頭ではなくその手前にある翼のようだった。

能書きはともかく、この思い切りのいい踏み込みはまさに、きっくんの持ち味が発揮された形だ。

しかし、振り下ろしたディオスアックス改の刃は、セルレギオスの翼に命中すると同時に鈍い激突音だけを残してあっけなく弾《はじ》き返された。

「どわっ⁉」

弾き返されることなど考えず全力で斬撃《ざんげき》を繰り出していたおかげで、きっくんの体勢が大きく崩される。

ディオスアックス改は、たしか斬れ味がわずかにＦＢ達の武器より劣っていたはずだ。おそらくセルレギオスの翼の爪——翼爪甲は他の部位より硬いのだろう。そのせいで攻撃が弾かれたのだ。

セルレギオスは、その隙を見逃さない。

わずかな動作で力をためると、その翼爪甲を大きく振りぬいて無防備になったハンターを薙《な》ぎはらう。

「きっくん！」

体勢が崩れきっていたため、きっくんは回避もできずにまともにセルレギオスの翼爪甲の一撃を食《く》らい吹っ飛ばされる。

砂の上を、もんどり打って転がっていく仲間の無事を確かめるために、ＦＢは思わず声を張り上げていた。

ほぼ同時に、セルレギオスの後方にいたエオエオが素早く何かを投じる。

それは、ＦＢとセルレギオスの中間に割り込むと、素早く弾けて中から目も眩《くら》むような閃光《せんこう》が撒《ま》き散らされあたりを塗りつぶした。

この強烈な光によって、モンスターの目を眩ませ、攻撃や回復のための隙を作り出す道具——閃光玉である。

納刀《のうとう》しなければ道具を使うことができない他の武器に比べ、片手剣《かたてけん》は武器を出したまま、いくつかの道具を使うことができる。もちろん、あらかじめポーチのどこにその道具があるのか意識していなくてはいけないが。

その小回りの良さを生かしてエオエオは素早い援助を得意としていた。

「きっくん、回復！」

自身は隙を逃さないようにセルレギオスに斬りかかりながらＦＢは叫ぶ。

「ま、眩《まぶ》しい」

「お前まで眩まされてるな！　そんなもん、気のせいだ！」

「わかってる！」

口で突っ込みながらも動きは止めない。

突きを重ね、ガンランスを持ち上げ叩《たた》きつける。すぐさま引き金を引いて砲撃《ほうげき》。そして、そのまま、腰だめに構えて王銃槍ゴウライ改をまっすぐセルレギオスに突きつけた。

あろまほっとは、相手の頭部を狙って猛然とブリードパッシングを振り下ろそうとしていたが、FBが何をするのかを悟ってすぐにその場を退く。

王銃槍ゴウライ改の穂先から青白い超高温の炎が迸《ほとばし》り、まるで獲物に狙いを定める大型モンスターの顎《あぎと》もかくやという緊張感がその穂先に集約されていく。

そして、ガンランスの咆吼《ほうこう》――竜撃砲《りゅうげきほう》が発射された。

強烈な一撃が、目が眩んで前後不覚に陥っていたセルレギオスの頭部にまともに叩きつけられる。

「ガァアアアアアアッ!?」

見上げるような巨体が、あまりの衝撃に大きく仰《の》け反《ぞ》った。

「いよしっ!」

FBがガンランスを支えるのとは逆の手で小さく拳《こぶし》を握り締める。

その横で王銃槍ゴウライ改の各部が音を立てて開き、シュウシュウと蒸気を放出しはじめた。

竜撃砲によって強烈な熱気を帯びてしまったガンランスの銃身を冷やすための冷却作業に入ったのだ。

この作業が終わるまで竜撃砲を使用することはできないが、狩猟の状況をたった一発で逆転させる可能性を持つ。それがこの武器最大の魅力だった。

しかし、その衝撃で巻き上がった砂埃《すなぼこり》の向こうで、セルレギオスは冷静に反撃の機会を窺っていた。

閃光玉の影響から回復していたそれは、砂煙の向こう側からFBを狙って躍りかかってくる。

わずかな気流で砂煙の変化を見抜いたFBはほとんど反射的に盾を構えていた。相手の動きをしっかりと把握してのことではない。

言ってみれば直感だ。考えるより先に体が動き、そちらに盾を向けただけ。その直後に走った衝撃が、自分の判断の正しさを教えてくれた。

FBはひとまず王銃槍ゴウライ改を納刀しながら距離を取る。まだこの段階であまり突っ込んで立ち回ると、相手の思わぬ動きに翻弄《ほんろう》されて致命的な隙を見せてしまいかねないからだ。

その不安を実現するかのように、ガンランスの盾で突進をいなされたセルレギオスは素早く体勢を立て直し身を翻した。

突進が来るかと身構えた視界から、一瞬でセルレギオスの巨体がかき消える。

「なっ⁉」

思わず呻《うめ》く。

もちろん本当に消えてしまったわけではない。

近づきすぎていたせいで、セルレギオスが一瞬で視界の外に飛び出してしまっただけだ。そう気付いたＦＢは慌ててあたりを見回す。

「ＦＢ、うしろ！」

あろまほっとの声が飛ぶ。

自分の目で確認することは諦《あきら》め、仲間の声を信じてＦＢは前方へと身を投げた。

背中越しに、爪なのか、牙《きば》なのか、それとも鱗が生えた尻尾《しっぽ》の先なのか、そうした鋭い何かが空気を斬り裂く音が響いた。

「怖い怖い怖い！」

慌てて体を起こし、その場から走り出す。

セルレギオスの動きは見失ったままだが、その場に留まって相手の姿を確認することにこだわっていたら、足を止めているせいで背後からいきなり襲われないとも限らないからだ。

「なんで俺ばっか⁉」

かなり無茶な文句を飛ばしながら、さらに逃げる。大丈夫だという確信を持てるぐらいまで離れたところでようやく振り返った。

予想とは違い、セルレギオスは宙に浮いたまま器用に滞空を続けている。そのままの高度を維持し、鋭い視線を辺りに投げかけていた。

手を伸ばせば触れられそうな高さ。

その高さは、ほとんどの近接武器の間合いをわずかに外れた場所だった。加えて、地面は決してなだらかとは言えない。

つまずきそうな石や、足を取られてしまいそうな窪《くぼ》みがあちらこちらに存在する。こんなところで体勢が崩れればそれこそ命取りになりかねないため、足元からも目を離せない。宙に滞空するセルレギオスと、足元とで注意力が分散してしまう。やりにくいことこの上なかった。

セルレギオスはその場で羽ばたきながらも着実にこちらとの距離を詰めてくる。

動きは、決して速くない。

全力で引き離そうとすればどうにかなりそうな、不思議な速度である。しかし宙に浮いたセルレギオスが鈍足というわけではない。

その証拠に、距離を取ろうとしても完全には離せなかった。こちらの背後に回り込もうと、まとわりつくように追従してくる。

鈍足どころか、じっくりと襲いかかる機会を窺われているような嫌な感覚があった。背後と足元、二つ同時に注意は配れない。

足元に一瞬、視線を奪われた次の瞬間、それは動いた。

「ガアアァァァァァァッ！」

翼を一度大きく羽ばたかせ、風をかき分けるように突き進む。

直線的な動きではなく、ぐるりと凄《すさ》まじい勢いで迂《う》回《かい》しながら回り込んでくる。直線的な動きなら目で追えても、横から背後への移動には追いつかなかった。

「うおわっ⁉」

緩から急へ。

頭ではわかっていても、直前に見た速度とのあまりの差に感覚が追いつかない。

とっさにガンランスを抜き放ち、盾を構えて守勢に徹する。盾を一枚隔てた向こう側から伝わってくる衝撃に顔をしかめた。

だが不意に、盾の重みが消え失《う》せる。

盾の陰から顔を出して相手の姿を確認しようとして、

「どうわっ⁉」

と、素《す》っ頓《とん》狂《きょう》な声をあげて再び盾の陰に体を隠す。

なぜなら、ＦＢの盾を蹴りつけたセルレギオスは離れた場所に着地すると同時に全身の鱗を波打たせて身構えていたのだ。

つまり――

頭で結論を出すより先に、再び衝撃が突き刺さった。一拍遅れて、その盾の表面で何かが弾けた衝撃が伝わって来る。

前回の狩猟でＦＢ達――中でも特にきっくんを苦しめた刃状《やいば》の鱗だ。

一度見ていた攻撃だったおかげでどうにか反応できたのだが、間違って食らえば大きなダメージを受ける上、裂傷を負ってまともに動けなくなる。

「ＦＢ、変な声出して逃げ回るなよ」

先ほど一撃されて綺麗《きれい》に吹っ飛ばされたことも忘れ、きっくんがウケまくっている。

先ほどのダメージは回復したのだろうが、こちらが必死で逃げ回ってどうにか無事に切り抜けたというのに、なんて言われようだとＦＢは声を張り上げた。

「うっせぇ！　こんなのに絡まれてみろ！　絶対悲鳴をあげたくなるわい！」

必死で言い返すと逆効果のようで、きっくん以外の二人もちゃっかり安全圏に逃れてから、指をさして笑っている。

すると、セルレギオスはわずかに体の向きを変えた。

ぐっと、身を屈《かが》め、次の瞬間には滑るように宙に舞う。そして先ほどのように、大きく迂回しながら標的の背後へと回り込む。

「こここ、こっちにきたぁ⁉」

直前まで笑っていたはずのきっくんが、慌てふためきながら逃げ惑う。

「ふははははは、人の不幸を笑うからだ」

笑いながらも援護に備える。ガンランスを納刀しながら、FBは自分のポーチに入れておいた閃光玉を意識した。

同じ道具は、何度も使うと相手が慣れて効果が弱くなる。

それを考えると、立て直しの余裕を稼ぐ程度の理由で使いたくはないのだが、仲間が危険になったら是非もない。

ただ、FB達が攻めあぐねている以上、状況はまったく好転するはずがないのだ。

狭い、しかも高低差のあるエリア10をセルレギオスは縦横に暴れまわった。四本の脚で走り回ったかと思えば、次の瞬間には空高く舞い上がり、上空から標的に向けて急降下してくる。上下の移動をここまで頻繁に繰り返すモンスターは見たことがなかった。

状況は、一方的に翻弄《ほんろう》されるがままになっている。

閃光玉でも使えば、数瞬の隙は稼げるだろうが、それではただのジリ貧だ。

「ったく、やりにくいヤツ！」

唇をぺろりと舐《な》めつつ警戒を強める。

「さすがに防具を着てると違うな！」

それはそれとして、先ほどからかわれた逆襲をしっかりしておく。

大切なことである。

「今までならさっきの一発で拠点送りだったんじゃねぇの！」

「うっせぇわい！」

「最初から防具を着けてくれてたら、俺達の依頼失敗率もぐっと減るんだけどな、ぐっと」

あろまほっとは辛辣《しんらつ》に評価する。

「とにかく、これじゃさすがに分が悪い。いったん隣のエリアに退避するぞ！」

そう声を上げると同時にＦＢは走り出していた。

3

ＦＢの提案通り四人はエリア７へと退避する。

拠点でない以上、気を抜きすぎることはできないが、それでも大きく息を吐きポーチから取り出した砥石《といし》でそれぞれ武器の斬れ味を回復させていた。

「あ、やべ、俺ペイントボールをぶつけるの忘れてた！」

これをぶつけると、強烈な臭気によって相手が狩場のどこにいるかわかるようになるという道具だ。言わずと知れた、ハンターの基本である。

つまりそんな基本的なことすら思わず忘れてしまうほど、完全に翻弄されていたということだ。

「あ、それ俺がぶつけといた」

あろまほっとがおもむろに顔を起こしてそう言う。

「まじか！」

意識を集中すると、確かにペイントの匂《にお》いが漂ってくる。

「さすが、あろま先生！」

「てんぱってるだけのＦＢとは大違いだね」

きっくんとエオエオが褒《ほ》め称《たた》える。

微妙に、全面肯定できない褒め方ではあったが、助かったのは事実だ。それほどすぐにエリアを移動しないだろうが、ペイントボールをぶつけるためだけに一度引き返すのは無駄が大きい。

「ともかく、俺帰りたくなってきた」

「それは許されん！」

冗談なのはわかっていたので、踏ん反《ぞ》り返ってＦＢは断言する。

「うわ、なんかリーダー面してる人がいるんですけれど」

「リーダーだから当然！」

「リーダー横暴、リーダー横暴」

とりあえず、いつものやり取りで緊張感をほぐしつつ、

「で、どうするよ？　きっくんを裸に剥《む》いて見せ餌《みえ》にするぐらいしかアイデアが浮かんでこないんだよな、正直」

「な、なんだとぅ」

FBのすばらしい（と自画自賛している）アイデアに、きっくんは慌てふためく。

「いつもお前らの方がハダ――インナーになるなって言ってるじゃないか！」

「裸って言いかけたし」

あろまほっとの突っ込みにFBもニヤニヤと笑いながら、三人に聞いてみる。

「とりあえずそれぞれの感触はどうだった？」

FBが切り出すと、三人は直前の立ち回りを思い出そうと視線を巡らせる。

「俺は、ちょこちょこと斬りかかってみたけれど、まだ麻痺《まひ》になりそうにないな」

エオエオが言う。

麻痺属性での攻撃は、時間とともに蓄積された効果が相手の体内で分解されていく。

こうしている間もエオエオが蓄積した特殊攻撃は徐々に無意味になりつつあるのだ。

「俺は、やっぱ真正面から行くのはかなりヤバイ感じだな」

あろまほっとがそう言う。

「地上にいると、頭はわりと低いところにあるから狙い頃なんだけど、あの鱗が厄介《やっかい》だ

よなぁ。動作が速いから、頭を狙えるような位置にいると来ると思ってからじゃ避けられねぇよ」

「ハンマーは盾がないしなぁ。まぁ、ハンマーだからって、なにも気絶を狙わなきゃいけないってもんでもねぇだろ」

「そりゃそうなんだけどなぁ」

派手さこそないがここぞという時には決めてくれる、あろまほっとには職人的な信頼感がある。だからこそなのか、納得がいかないという様子で首をひねっていた。

「あとは、きっくんか。お前は一回斬りかかって吹っ飛ばされただけだからなぁ」

FBがそう言うと、きっくんは不服そうに鼻を鳴らす。

「何を言う！　あれで俺の武器の斬れ味だと弾かれるのがわかったじゃないか！」

「威張って言うことか！　立ち回りが限定される分、役に立たないとわかっただけじゃねぇか」

「やーい、役立たず役立たず」

あろまほっとが面白がって囃《はや》し立《た》てる。

「ぐぬぬぬぬぅ。こうなったら、絶対にとんでもない一撃——グレート・サンダー・スパニッシュ・パニック……えぇと、あとはあとは、ああ、ブゥラァァァスト・アタックを決めてやるからな！」

「勝手に名前つけてるし」

「しかも途中でパニクってるし」

「頼りになんねぇ」

口々にダメ出しをされても、きっくんは「見てやがれぇ」と闘志を燃やしていた。この、くじけない根性だけは仲間内の誰も適《かな》わない部分である。

「つっても、限界がわかったのはありがたいと言えばありがたいか」

「ほれ見ろぉ。俺のありがたさを思い知ったか！」

とりあえず、きっくんは無視をして、思考をまとめる。

万全の状態なら弾かれないＦＢ達の武器も、使い続ければ斬れ味が落ちていく。そうなればもちろん、きっくんの二の舞である。

おそらく翼の、その中でもあの硬そうな爪の部分が怪しい。ＦＢ自身、何度か突きを命中させたが、翼のほとんどの部分はそれほど硬い感触がなかったのだ。しかし、依然としてめぼしい方策がまとまらない。

まとまらないのに、ＦＢは異変を感じて空を振り仰いだ。

砂漠特有の、吸い込まれそうな漆黒の空に小さな点が浮かんでいた。そこから、ペイントボールの匂いが伝わってくるのだ。

「セルレギオス！」

それは見る間に高度を落とし、小さな点から、飛竜らしい体型が見えるまでに近づいてくる。

そう巡回する習性なのか、それともFB達を追いかけて来ているのかはわからない。

ただ一つ確実なのは、ここから立ち去るのでなければ、すぐにセルレギオスを相手取って狩猟を再開する用意を整えなければならないということだ。

まだなにも決まっていない。

「俺、とりあえず道具を使ってみる」

エオエオが自分のポーチの中を探りながらそう発言した。

「まだ癖《くせ》は摑《つか》んでないけど、このままじゃ単に翻弄されるだけで終わっちゃうよ」

本当なら、セルレギオスとどうにかやりあえるぐらいにまで慣れてから、最後の一押しとして道具を投入したかった。

慣れていない状況だと、例えば閃光玉で目を眩ませたとしても、それで作った時間を有効に使いきれない可能性があるからだ。

どこが効果的なのか、どこを狙うか、あるいはどの部分の部位破壊を狙いたいか、そういう狩猟全体の組み立てができてから使いたいところである。

「わかった！　いっちょ頼む！」

だが、今ある状況でどうにかしなければならないのなら、エオエオの提案に乗るしかない。

エオエオは素早くポーチに手を突っ込み、他の三人は武器を抜かないまま、セルレギオスの着地点へと急ぐ。

砂の上に落ちる影が、徐々に大きく濃くなっていった。

エオエオは一人、そこからやや距離を置きながら相手の前を取る位置へと動いていく。

みるみる高度を下げるセルレギオスに対して、目的の位置に回り込んだエオエオはポーチから閃光玉を取り出し思い切り投じた。

放物線を描いて放たれたそれは、ちょうどセルレギオスの目の前に届いたところで弾け眩い閃光を撒き散らす。

「ガャアアァァァァァァッ⁉」

今にも着地しようとしていたセルレギオスは、突然に目が眩んだせいで均衡《バランス》を崩され、そのまま地面へと落下する。

飛竜種にとっても、飛んでいる間というのは微妙な均衡の上に体を持ち上げているのだ。

「今だ！　いくぜぇっ！」

砂煙を巻き上げながら墜落したセルレギオスに、ＦＢ達は猛然と斬りかかる。普通の状態で閃光玉を使うよりも、こうやって墜落を狙うのがエオエオらしい。普段はぼんやりしているのにやるとなったら抜け目ないのだ。

「ガアァァァ⁉」

目が眩んだまま、セルレギオスは激しくもがいて手探りで体を起こす。ここから、視力が回復するまでの十何秒かが勝負だ。

王銃槍ゴウライ改を見る。

銃身の数カ所が赤熱しており冷却中だった。これでは竜撃砲は使えない。本当なら冷却が終わってから使ってくれるとありがたかったのだが、さすがにエオエオはここまでは見ていなかったようだ。仕方なく、通常の型を繰り返す。

セルレギオスの横腹に位置取った。踏み込みながら突き上げ、さらに前方突きを二回。二回目の突きの勢いを流すようにして、ガンランスを振り回して巨大な銃身で叩きつける。

直後、すかさず引き金を引いて全弾発射の砲撃を叩き込んだ。

頭の近くを見やれば、あろまほっとが大胆に陣取り、ブリードパッシングを振るっていた。

閃光玉によってセルレギオスの目が眩み反撃を受ける可能性が少ないからだ。

とはいえ、麻痺とは違い目が眩んだだけでは体そのものの動きが阻害されているわけではない。攻撃が加えられたなら相手は当然反応する。

見えなくても、適当にあたりをつけて繰り出された攻撃を食らう危険は残ってしまう。誰でも見えなければとりあえず前に手を出すだろう。つまり、この場合は真正面という立ち位置が一番危険になってくるのだ。

おまけにそもそもでたらめな攻撃であるが故に、相手の呼吸を読むようなこともできない。そんな場に陣取る剛胆さに舌を巻く。

「よおぉぉぉし、斬りまくる！」

きっくんは、ＦＢの反対側から斬り込む。

斧モードで斬りつけ、そのまま大胆な動きで振り回す。右に左に。人の体ほどもある大きな斧頭《おのがしら》がセルレギオスを乱打する。

スタミナが続く限り、延々と繰り返し続ける、スラッシュアックスの強烈な攻撃の一つだ。おまけに今、きっくんが使っているのはディオスアックス改。爆破《ばくは》属性という、特殊な属性を持った武器である。

攻撃の度に爆発性の物質が標的に付着し、一定の時間が経てば――。

そう考えているＦＢの目の前で、セルレギオスの体表に付着していた緑色の物質がいっせいに爆発を引き起こした。

こうして標的にダメージを与える属性攻撃なのだ。

「ゴワアアァァァッ！」

さらに攻撃を加えようとしたところでセルレギオスが体を震わせ咆《ほ》える。ようやく視力が回復したのだ。

「離れろ！」

そう言おうとした直前、エオエオがタイミング良く再び閃光玉を投じた。

「ガアアアァァァァッ⁉」

エオエオは今度も狙いを外さない。

ようやく直ったばかりで再び目を眩まされたセルレギオスは苛立《いらだ》たしげに唸《うな》る。せっかく視力が回復したというのに——というセルレギオスの抗議の声が聞こえてきそうだ。

ともあれ、この隙を無駄にするわけにはいかない。

一瞬、間合いを取りかけた三人は、慌てて再び距離を詰める。

しかし今度は、セルレギオスが大人しくしていなかった。その長い尻尾を大きく振り上げ、腰の力で振り抜く。

ちょうど鞭《むち》のような形で、鋭い鱗が生えそろった尻尾が当たりをなぎ払う。

「くそ！」

これでは迂闊《うかつ》に近づけない。

しかもセルレギオスは大きく尻尾を振り、全身を半回転させるようにして攻撃する。

つまり尻尾を振るう度に体の向きが変わるおかげで自然と周辺ぐるりとまんべんなく攻

撃する形になってしまっている。

　これでは相手の目が見えていようと見えていまいと関係がない。特に、きっくんや、あろまほっとのように盾を持たない武器は一撃される覚悟で踏み込まなければならないのだ。

　ハンターの一撃と大型モンスターの一撃を交換するなど帳尻が合わないにも程がある。攻撃するということはこちらが無防備になるということだ。

　そんな瞬間にあの巨大な鞭のごとき尻尾の一撃に襲われれば大怪我《おおけが》は免れない。しかも、見れば見るほど、尻尾にまでびっしり生えている鱗が凶悪だった。

　ハンターが使う武器種の中でも一、二を争う強固な盾を持つガンランスならばあの尻尾の一撃もやり過ごせるだろう。

　ただ、盾を構えながら攻撃することはできない。そうであるのなら、タイミングを見計らいながら防御と攻撃を素早く切り替える必要があるのだが、それには相手の動きの速さを見極めなければならない。

　しかし今はまだ、そこまで相手の動きに慣れているわけではなかった。もっと長い時間やり合ってセルレギオスの癖が自分の体に染みこんでいれば、こうした状況にも即座に対応できただろう。

　仕方なく、尻尾の動きを観察する。

頭上高く振り上げられ半周分をなぎ払う。動きは大きいからそれを避けて次の一撃が及ばない角度から斬り込むことはできるはずだ。

しかし、斬り込んだ次の瞬間、二撃目でおそらく一周してきた尻尾に攻撃される。これを盾で防ぐか。

そんなことを考えている間に、

「ガァァァ……」

清々したとばかり、セルレギオスは体を震わせる。

「くそ、もう回復しやがった！」

閃光玉などの道具類は、何度も使うことで相手が慣れ、効果時間が短くなっていく。体感だが、さっきの閃光玉は最初の時の半分ほどしか効果がなかったように思える。

「せめて一撃！」

きっくんが、近づくこともできなかった憂《う》さを晴らすように突っ込んでいく。視覚が元に戻った直後、おそらくまだ周囲の状況が飲み込めていないだろうことを期待して一撃しにいったのだ。

しかし、大きく振りかぶり斬りつけたディオスアックス改の一撃は、あっけなく避《よ》けられた。

「うわっ⁉」

視認して避けたというより、最初から不規則に動く習性だったのだろう。セルレギオスは全身の筋肉をバネのように使って小さく真横にステップした。思い出してみれば、ここまでにも度々今の動きを見ていた気がする。

そこにエオエオが閃光玉を投じてくれた。

四度目の閃光もセルレギオスの目を眩ませたが、しかし、やはり振るわれる尻尾は止まらない。

それだけで、きっくんとあろまほっとの二人の動きは止まってしまう。

FBにしても、さっきの動きを見て尻尾の動きの中に踏み込んでいくが、その攻撃は大きく効率が落ちた。

一撃してはすぐに盾を構えなければならない以上、連続攻撃など夢のまた夢。そして攻めあぐねている内に、またもやセルレギオスの視覚が元に戻る。

さらに一度、エオエオは閃光玉を投げ込んでくれたが同じことの繰り返しだった。

閃光玉は一人につき五個までしか持ち込めない。エオエオはあっという間に閃光玉を使い切ってしまった。

数の問題ではない。

他の人間が閃光玉を持っていたとしても、これだけ何度も使ってしまった以上、もはやわずかな時間稼ぎ以上の効果は期待できない。

閃光玉で行動を邪魔されなくなったセルレギオスは、再び翼を広げて大きく飛び上がった。

全身をくねらせるようにして方向を変え、そこから放たれた矢のように標的目がけて飛来する。

最初の標的は、あろまほっとだった。

「どわ、なんで俺のとこにくんだよ！」

セルレギウスの攻撃を回避しつつ、エオエオを指さす。

「一番煩《わずら》わせてるのはエオエオだろう！」

「おま、仲間を売るんじゃねぇよ！」

閃光玉が品切れになり、次の行動に移りかけていたエオエオが猛抗議する。だが抗議された側のあろまほっとはそれに取り合っている暇などなくなっていた。

猛烈な勢いで飛来する一撃を辛うじて避けたのはいいが、セルレギオスは着地せずに滞空したまま鋭い後ろ脚の爪で蹴りを繰り出す。

あろまほっとは、連続して頭上から振り下ろされる爪を、危なっかしい動きながら辛うじて回避していく。

しかしセルレギオスの動きはうねるようで、直後にどの方角から攻撃がやってくるのか、離れて見ているＦＢにすらわかりづらい。あれを間近でやられたら、さぞ避けにくいだろう。

　思った通り、あろまほっとも避けるだけで精一杯だ。

「くっそ、誰かガンナーやってりゃよかったのに！」

　こんな時に言っても意味のない愚痴をこぼしながら、ＦＢは王銃槍ゴウライ改を納刀し自分のポーチを確認する。

　閃光玉は有効な相手が多い道具であるため、よくわかっていないモンスターとやり合う時には、効くという確信がなくても持っていくハンターが多いほど汎用的な道具だ。

　ＦＢも持ってきたし、あるいは他の二人も持ってきているかもしれない。

　だとしても、もう使い道は一瞬の余裕を稼ぐぐらいしかないだろう。それでも、あろまほっとが危険な状況になったら、彼が逃げる隙を作り出すぐらいには使えるはずだ。

　せっかく用意してきた道具が無価値に近づいていくというのは、酷く頼りない気持ちだった。

「あろま！　こっちだ！」

　閃光玉を使い果たしたエオエオは、途中で酷いことを言われたにもかかわらず、あろまほっとのために罠《わな》をしかけてくれていた。

　エリア７は大きな流砂が起こっているために見た目以上に窮屈な場所だが、それでも比較的広い場所を選んで穴を掘り、落とし穴をしかけてくれていた。

「きっくん！」

きっくんは、全体の状況を見ずに突き進み、あろまほっとを追いかけるセルレギオスをさらに追いかけて後ろから斬りかかろうとしていた。

単なる速さだけではなく、上下左右の動きに翻弄されて一撃も加えることができないでいたが、ともかくＦＢはきっくんを呼びつけた。

「こっちだ！」

「どっちだ⁉」

セルレギオスから視線を外せないため、きっくんにはいまだに状況がわかっていないらしく、ＦＢの呼びかけにも状況を理解してくれなかった。

セルレギオスがいる状況で大声を出して「罠をしかけた！」と言うのはためらわれる。もちろん言葉を解するはずもないのだが……。

「ったく、仕方ないな！」

それでも背に腹は代えられず、

「きっくん！　エオエオが罠をしかけてくれたから！」

「おぉ、そういうことか！」

それでようやく気づいてくれたらしい。きっくんと、逃げるので手一杯になっていたあろまほっとの二人はエオエオがいる場所へと急行する。

「ないす、エオエオ！」

罠を挟んでセルレギオスの真向かいという、罠を使う時の定位置に走り込みながら、先にそこにいたエオエオに声をかける。

「でも、落とし穴にひっかかるかどうか、まだわからないよ」

モンスターによっては、落とし穴に引っかからないもの、あるいは罠を踏んでも踏みつぶして壊してしまうものもいる。

そこで足止めできると期待している状態で、実は何の効果もなく素通りされてしまったら、攻撃しようと待ち構えていたＦＢ達は無防備で攻撃を食らうことになる。

だから充分に習性を知っていない相手でない限り、罠にかかるその瞬間まで安心してはいけない。

しかもセルレギオスの場合、これだけ頻繁に飛んでいるとうまく罠にかかってくれないかもしれない。

地面に埋める落とし穴は当然、飛行しているモンスターには効果がないのだ。

「もうひと工夫いるか……」

あたりを見回す。

きっくんはセルレギオスからノーマークだったおかげで早々にこちらに合流していた。

残るは一人、あろまほっとのみである。

「あろま！」

ＦＢが声を上げる。

「わかってる！　でも、こいつしつこいんだってばっ！」

ＦＢからの呼びかけを早く合流しろという意味だと取ったのだろう。あろまほっとは苦しそうに呻きながら答えた。

「違う、お前、囮《おとり》になれ！」

「んなっ⁉」

必死でこっちに駆け寄りながら、あろまほっとが目を剝く。ケチャＳヘルムに覆われていて表情はもちろん見えないが、想像上ではそうだった。

「いいから！　落とし穴の上に立て！　骨は拾ってやるから！」

「なんて扱いだよっ！」

わめき散らしながらも、あろまほっとはＦＢの指示を実行した。

もちろん本気で犠牲になろうというのではない。しつこく狙ってくるセルレギオスが着地しないのなら、上空から急降下して蹴りつけるあの攻撃を誘発してやれば、うまくすればこちらの狙った位置に着地させることができるはずだ。

あろまほっと自身は、蹴りが当たる直前に緊急回避して逃れる、そういう計画である。

「エオエオ、生命《せいめい》の粉塵《ふんじん》を用意しといて」

「うん、もう用意ずみ」

果たして、あろまほっと一人が前に立ち、他三名が後ろに下がるという偏ったフォーメーションで状況が動き出した。

そんなFBの目の前で、セルレギオスはその巨体を浮かせ、そこから矢のように一直線に、あろまほっとを狙って襲いかかる。

――やったか。

そう思い、罠のところへと走り寄ろうとした目の前で、しかしセルレギオスはわずかに落とし穴を外して着地する。

「だめか！」

おまけに位置関係が狂う。

誘導するために、落とし穴を挟む位置に急いで移動する。肝心のセルレギオスの視線は、あろまほっとに注がれたままだった。

「もてもてだな、あろま！」

「笑い事じゃねぇから！」

必死で逃げ回る、あろまほっとの姿にFBは冷やかし半分の声援を送った。

そして再びそれぞれが配置につき、セルレギオスの動きを待つ。理想的なのは、飛ばないまま、地面を走り突進してくることだ。

位置取りさえ間違えなければ、落とし穴にひっかけることは難しくはない。

もちろん、落とし穴が有効かどうかはまた別の問題なのだが。

急に走ったせいでわずかに乱れた息を整えながら、セルレギオスを見る。何か、さっきまでとは違う空気を感じているのか、相手は周囲の様子を窺うようにその場にたたずんでいた。

にわかに静寂が訪れる。

距離があるというのに、セルレギオスの息遣いまで聞こえてきそうな気がする。警戒するように、横へのステップを数回挟んだ。

「ガアアアァァァァッ！」

四人ともかなり離れた場所にいるにもかかわらず、全身の鱗を波打たせ、大きく頭を振るようにして鱗を飛ばす。

思った通りこのぐらい離れていれば鱗は届かないようだ。それは誰もいない砂の上に突き刺さり、砂を弾き飛ばしながら炸裂した。

警戒しているのか、威嚇しているのか。想像していたのとは違う展開に、動き回っていた時とは違う緊張感が高まっていく。

しかし静寂は、長くは続かなかった。

何かを見抜いたようにセルレギオスが突然動き出す。あろまほっとを狙って動き出した。しかも、運良く突進。

今度こそうまくいくかと期待する四人の目の前で、セルレギオスは落とし穴のホンの少し手前で運悪く飛び上がる。

「まだだ！　美味《おい》しい餌が待ってるぞ！」

「餌かよ！」

あろまほっとの抗議はスルーして、ＦＢ達はセルレギオスの動きに注目する。

「よしやれ、外すなよぉ」

きっくんが、どっちを応援してるのかという声援を飛ばす。

上空から、再びの襲撃。

後ろ脚の鋭い爪でもって、摑みかかるようにして襲いかかる。

落とし穴の真上に立っていた餌――あろまほっとは表面上のやりとりとは逆に、全身を緊張させてギリギリまで引きつけそしてその場を飛び退《の》いた。

しかし、飛び込んでくる角度が急なせいで、あろまほっとが立っていた場所をかすめるようにして、微妙に落とし穴から外れた場所に着地する。

「あろま！　下手《へた》だなぁ！」

誘導すること自体が難しいのだが、きっくんが心ないヤジを飛ばす。

そこから挑戦すること数度。まるで落とし穴の存在を知っているのかと疑いたくなるほど、セルレギオスはギリギリでＦＢ達の思惑を外し続ける。

しつこく狙われ続けているせいで、あろまほっとは見る間に疲弊《ひへい》していった。

「がんばれ、全ては君にかかってるんだ！」

手持《ても》ち無沙汰《ぶさた》になったＦＢはやや芝居がかった声援を送る。きっくんは腕組みをして待ち、エオエオは「眠くなってきた」などと言いだしてしまう。

「気楽に言いやがってぇ！」

どうやら疲れ果てていた相手に、それはヤジに近い意味合いだと取られたらしく、あろまほっとは怒り出した。

「カルシウム不足か」

などと呑気《のんき》な感想を漏らしたＦＢに向かって、それまで一人でがんばってくれていたはずの餌――あろまほっとがいきなり落とし穴の近くという持ち場を放棄して猛然とこちらに駆け寄ってくる。

「うわ！　なにやってんだよ！　お前がこっちに来たら――」

呑気に構えていたＦＢが嫌な予感とともに見上げると、あろまほっとを襲うために飛び上がっていたセルレギオスの視線がこちらに向けられる。

「やっぱりか！」

うまく相手の視界に入らないように気をつけていたというのに完全に、目が合ってしまった。

自由自在の飛行能力を持ったセルレギオスは、途中で標的――あろまほっとが移動しても、滞空した状態のままで体を捻《ひね》りやすやすとアジャストしてくる。

あろまほっとが移動した先にアジャストしてくるのだから、それはつまり、ＦＢ達が罠に備えて控えていた場所の近くである。

「どわ！」

目の前にセルレギオスが着地したせいで、巻き上げられた砂を頭から被ってしまった。

「ぺぇ、ぺっぺっぺ！　うへぇ、もろだ」

「うわ、防具の中に入ってジャリジャリする！」

「さすがに、眠気が飛んだ」

バタバタと砂煙を振り払っている隙に、ＦＢの後ろに回り込んだものがいた。セルレギオスではなく、あろまほっとである。

「タッチ！」

そう言って、その場から走り出す。

ただし方向は、ちょうどセルレギオスに対してＦＢを挟むような形でまっすぐに逃げていく。つまり、セルレギオスがそれまで狙っていた獲物――あろまほっとを見ると、それより近い場所にＦＢがいることになるのだ。

思った通り、

「ガァァァ……」

セルレギオスの視線がまっすぐＦＢに注がれる。お前でもいいや、そんな幻聴が聞こえた気がした。

しかも、気づいた時には、あろまほっとだけではなくエオエオや、きっくんまでもがとっととその場から遠ざかっていたのだ。

「お前ら恨《うら》んでやる！」

喚《うめ》きながらも、ＦＢは冷静にそれぞれの位置関係を把握する。

もちろん、囮役を別の仲間になすりつけるため、ではない。ＦＢが把握したのはセルレギオスと、そして落とし穴の位置関係である。

「くっそぉ、あいつら覚えてろよ！」

ぼやきながらも、ＦＢは全力でその場から走り出した。

向かってくると思っていなかったのか、セルレギオスの脇をすり抜けて罠の元へと急ぐＦＢに対して動きが一歩遅れた。

横にステップし、体の向きを変える。

牽制《けんせい》の意味があったのかもしれないが、セルレギオスに突っ込んでいくつもりではなかったＦＢには無意味だ。むしろ目的の場所にたどり着く余裕を与えてもらっただけという形である。

「よぉし、来るなら来やがれ！」

落とし穴の上に立って気炎を揚げるＦＢに、思った通りセルレギオスはまっすぐ向き直る。やはり、あろまほっとからＦＢへと、標的を切り替えたらしい。

口では文句を言いながらも、確かにあれだけ手こずっていると、あろまほっとの消耗が激しくなりすぎる。このあたりで囮役を交代するのはいいアイデアだった。

とはいえ、あのなすりつけられ方は、さすがに面白くなかったのだが。

「あとで報復する、絶対！」

固く心に誓いながら、ＦＢはセルレギオスの出方を窺った。

先ほどとは違い、セルレギオスは様子見することもなく即座に動き出す。大きな翼を羽ばたかせ、宙に舞う。そしてそのまま、緩やかにこちらの出方を観察しながら間合いを詰めてきた。

いつもなら速攻でその場から退避するところだが、今は落とし穴の真上で引きつけなければならないとなればこのじわりと迫ってくる圧迫感は不気味だった。

セルレギオスは、ＦＢの間近まで迫ってくると滞空したまま体をうねらせ鋭い爪を持った後ろ脚で蹴りつけてくる。

先ほどまでのあろまほっとと違うのは、ＦＢが使っている武器がガンランスであるということだ。ハンマーとは違い、強固な盾を持っている。

強烈な蹴りも、正しい方向に向けて盾を構え全力で踏ん張れば、どうにか防ぎきることができた。

「つぅ⁉」

それでも強烈な衝撃は、盾を通しても十分脅威だった。

しかも蹴りを防ぎきって安堵《あんど》していると、いつの間にか、セルレギオスは滞空したまま移動していた。

「後ろ⁉」

へばりつくように、背後に回り込んだセルレギオスはその位置から全身を使って蹴りつけてくる。

これを、ＦＢは辛うじて横にステップして回避した。

しかしやはり、角度がついていたせいでセルレギオスは罠の上には落ちない。おまけに落ち込んでいる暇などなく、着地したセルレギオスはすぐさま向き直りそこから突進してきた。

これが元の位置だったならセルレギオスの狙い通りの結果になっただろう。

ところが、ＦＢは蹴りを避けるためにステップして元の場所から移動してしまっている。その場所は、ほんのわずかながら、落とし穴から外れた場所だったのだ。

さらに半歩、つまりは完全に落とし穴から外れた部分をセルレギオスが走り抜ける。

これも盾でしのぐが、振り返りざまに、今度は鱗を飛ばして攻撃してきた。

「くっ⁉」

さらにしのぐ。

今のところ盾を貫通されてしまうような脅威は感じないが、動きの素早さで一歩間違えれば盾が間に合わない危険がある。とても気が抜けなかった。

これは、確かに盾がない武器種でやるには厳しい役目である。

「あ〜、もういい加減にしてくれよっ！」

そう唸り声を上げた瞬間、ＦＢから少し離れた場所で閃光玉が弾けた。

「おわ⁉」

ＦＢも驚いたが、ほぼ真上にいたセルレギオスは驚いたどころの騒ぎではなく、中空で突然バランスを崩して墜落してしまった。

今度こそ、落とし穴の真上にである。

墜落の衝撃とその巨体の重みで偽装している地面が抜け、その下へと引きずり込んだ。

「ガァアァァ、ガアァァァ……⁉」

体の半ばまで穴に埋まり、しかも奥に仕込まれた粘着性のネットによって搦《から》め取られたセルレギオスは盛んに暴れ、その巨体で以《もっ》て強引に抜け出そうとしていたがしばらくは拘束されたままになるはずだ。

たとえ効果がほとんどなくなった閃光玉であろうと、こういう使い方なら一瞬で十分なのだ。見やれば、先ほどまで散々追いかけ回されていた、あろまほっとがガッツポーズを取っている様子が見えた。

「見たか！」

叫びながらこちらに駆け寄ってくる。

「あろまナイス！」

軽口で褒め称えながら、ＦＢはすでに王銃槍ゴウライ改を抜き放ち、落とし穴から半身だけを出すセルレギオスに向かって突き上げを繰り出していた。

突き上げ、前方突きを二回。

そしてガンランスを回転させるようにして叩きつけながら、狙い通りの場所にきたところで全弾を発射する。

一歩遅れ、きっくん、あろまほっと、エオエオの三人もその場に駆けつけ、もがき苦しむセルレギオスに対していっせいに攻撃を加えていった。

あろまほっとはブリードパッシングで、これでもかと頭部を殴りつける。きっくんもディオスアックス改で斬りつけ、エオエオはア・ジダハーカで斬りかかった。

「ガアアアァァァアァァァアッ！」

全力でもがくセルレギオスの力に耐え切れず、落とし穴が壊される。

それを見たFBは、自らの攻撃を中断して王銃槍ゴウライ改を納刀し、ポーチから素早く取り出した閃光玉を放り投げた。

ぱん、と小さな音を立てて弾け飛んだ小さな玉から撒き散らされる閃光が、何度目かセルレギオスの目を眩ませる。

効果はもう、ほんの一瞬しかない。

それでもあともう少しで、あることに届くと直感していたのだ。

――そして、猛然とセルレギオスの体を斬りつけていたエオエオのア・ジダハーカが何度目かの麻痺攻撃を発揮すると、ビクリと硬直したままセルレギオスの体が動かなくなる。

ようやく、麻痺に陥ったのだ。

「行け行け行け行け！」

仲間を鼓舞しながらFB自身も攻撃を再開する。

これまで散々、いいように翻弄され続けてきたセルレギオスに対して、この狩猟を開始して初めて訪れた好機だ。

これをわずかも無駄にすることはできない。

麻痺をしながらも、どうにかこの状態を脱しようとセルレギオスはギリギリともがく。

そんな中、今度はしつこいまでに頭部を狙って振り下ろされていたブリードパッシングによる何度目かの打撃が効果を上げる。セルレギオスの巨体が地響きを立てて地面に崩れ落ちた。度重なる衝撃が脳震盪《のうしんとう》を引き起こしたのだろう。

「うわ、もったいねぇ、もうちょっと麻痺させられてたぞ！　空気読め！」

「文句言うなよ、間違いなく俺のファインプレイだろうが！」

互いに文句を言いながらもその口調は明るい。

ようやく反撃の兆しが見えはじめたからだ。FBもまた、そんな勢いに乗って王銃槍ゴウライ改を振るう腕に自然と力がこもる。

そしてこの時には、銃身の冷却はすでに終了していた。

突き上げ、前方突きを二回。

突きの勢いを利用するように体の周囲を一回転させて叩きつけ、そしてピタリとセルレギオスの体に王銃槍ゴウライ改の穂先を突きつけ、今できる、最も強力な攻撃の引き金を引いた。

穂先に青白い炎が集束していく。

まるで王銃槍ゴウライ改と神経がつながったのかと錯覚するように、その瞬間、ゾクゾクした何かがガンランスから腕を伝わり背筋を駆け上る。

そして、突きつけた穂先とセルレギオスの体表との間で、凄まじい爆裂が起こった。

腰を落とし、前がかりに踏ん張って体重をかけていたというのに体全体が反動で持ち上がるほどの衝撃。

もう少し力を抜いていたら、全身が後ろに吹っ飛ばされていたところだ。

竜撃砲を二発。

その成果は確実に出ていた。

のけ反る体を必死に押さえ込んで体勢を立て直した時、目の前でセルレギオスの翼の表面を覆う鱗が砕け散った。

部位破壊である。

「よーしっ！」

いまだ、気絶の影響から回復しないセルレギオスに、他の三人も勢いに乗って攻め立てていた。

「いける！　いけるぜ！　もしかするとこのまま討伐《とうばつ》できるんじゃねぇか！」

きっくんのスラッシュアックスさばきもさらに調子に乗っていく。

「わははは！　もしかじゃねぇよ、やるんだよ！」

ＦＢの脳裏《のうり》に、討伐の予感がこみ上げる。

このモンスターからは果たしてどんな素材が得られるのか。

そしてその素材からはどんな武器や防具が作れるのか。

形は？

色は？

そして肝心の性能は？

ほとんどの人間が見たこともないようなモンスターなのだ。そんな素材を持ち帰ったら、ドンドルマの職人はどんな顔をするだろう。

そしてあのがんこで不器用そうな少年は、どんな顔をして喜ぶのだろうか。

自分達が未知の――それに限りなく近いモンスターを討伐する。

おそらく四人全員が想像した光景だろう。

喜びにあふれた未来、そんな浮わついた空気の中、突然目の前のモンスターの体に力が戻っていった。

強固な鱗の下、強靭《きょうじん》な筋肉にミシミシと音を立てて怒張していく気配が伝わってきた。

ようやく、気絶の影響から回復したのだ。

それだけのことだというのに、気づけばＦＢ達は全員手を止めていた。

――セルレギオスが放つ気配に気圧《けお》されて、だ。

「ガアアアアアアアアアアアアアアアアッツ！」

空気が弾けた。

全周囲に凄まじいまでの咆吼《ほうこう》の圧が襲いかかった。

本能的な恐怖感に駆られて、防具に耳栓が備わっているFB以外の三人が思わず耳を押さえて座り込む。

「やべっ」

自分一人だけが動ける、その状況に置かれたFBは慌てて動こうとする。

しかし、斬れ味がすぐに消耗してしまう竜撃砲のおかげで、王銃槍ゴウライ改がいつの間にかまともに斬れない状態になってしまっていた。

「こんな時にっ⁉」

好調だと感じたときほど油断してはならない。

まさにその見本だ。

怒り出したセルレギオスは自身を取り囲む四人を振り切って走り出し、距離をとったところで反転。即座に全身の鱗を波打たせてそれを飛ばす。

ようやく動けるようになっていたとはいえ、体勢が完全に崩れてしまっていたエオエオと、きっくんがこれをまともに食らう。

「ガアアアァァァァァァァアッ！」

怒り狂うセルレギオスはこちらの体勢を立て直す時間すら与えてくれず、続けざまに襲いかかり、飛び上がり、上空から蹴りつけてくる。

一瞬で形勢は逆転した。

怒り出したせいだろう。セルレギオスの動きは速度も大胆さも桁《けた》違いに跳ね上がっていた。

「がっ⁉」

盾を構えるのも間に合わず、ＦＢは何度も防ぎ損ねてセルレギオスの攻撃にさらされた。いずれもかすり傷程度だが、それでも直前までの高揚感に水を差すには充分である。

見れば、きっくんも、あろまほっとも、エオエオも致命的な一撃を避けるだけで精一杯だった。

「くそ！　ここまでのやつかよっ⁉」

この状況では、ＦＢは一つの決断を下さざるを得なかった。

「いったん拠点まで退《ひ》くぞっ！」

せっかく高まった勢いを完全に放棄することになる。それでも、ここで粘り続けてもジリ貧になるだけだった。

残り少ない閃光玉を投じ、四人は這々《ほうほう》の体《てい》でその場から逃げ出すのだった。

第四章　これが俺らの狩猟道

1

拠点《ベースキャンプ》にたどり着いたところで、四人は疲労のために座り込んだ。

奥に行けば体を休めるための簡易な寝台も用意されているというのに、ひんやりとした地面に直接ごろんと転がる。

ここまでやってくるだけでも必死だったのだ。

怒り出したセルレギオスの印象は、一変した。それまでも充分以上に厄介だった相手が、さらにその上に、手がつけられないほどの脅威となった。

エリア7は、この旧砂漠《きゅうさばく》で一番広い場所であるというのに、所狭しと暴れ回った。閃光玉《せんこうだま》を使って目を眩《くら》ませたというのに、確かにその効き目はほとんどなくなっていたとしても足止めぐらいはできるはずだが、効果が切れた瞬間飛び上がり、そこから一瞬でこちらが必死で空けた間合いを詰める。

どこにいるのか、あるいは地面にいるのか飛んでいるのかを把握するのがやっとで、そこから蹴《け》りが来るのか鱗《うろこ》を飛ばしてくるのか、ただでさえ速かった動きが、目では追いきれなくなっていた。

「たまんねぇ」

FB《エフビー》は思わず弱音を吐く。

前回と今回ここまで、一度もセルレギオスが怒る姿を見たことはなかった。考えてみれば、ここまであの目も眩《くら》むような動きに翻弄《ほんろう》されっぱなしで、FB達の手数は思うように伸びていない。

たまに閃光玉などで攻撃する機会が生じたとしても、そこまで追い詰めることすらできていなかったのだ。

モンスターは不必要な消耗を避けるためなのか、ある程度の危険を感じなければ怒らない。

それはつまり、FB達はまだセルレギオスの本気を出させることすらできていなかったということの証拠でもある。

あるいは狩猟達成できるのではないかと高ぶっていた気持ちが一気に冷めていく。

「お前ら、無事か？」

ようやく体力が戻ってきたＦＢは上体を起こして問いかける。

「あ〜、なんとか……」

「こっちもどうにか」

「俺、眠い」

「まぁ、エオエオはそれが基本だから心配しないとして」

「え〜、なんでだよぉ」

眠そうな声で無事をアピールされてもなぁ、とセルレギオスの脅威で強張《こわば》っていた体の緊張ごと脱力する。

きっくんとエオエオが負った裂傷も、こうして体を安静にしていたおかげで傷口が塞がってくれたようだ。

「とにかく、現状確認だ。お前ら道具はどんだけ残ってる？」

そう言いながら、ＦＢは自分のポーチを確認する。

前半、避けながら観察することに徹していたおかげで、思ったより道具類は使っていない。

閃光玉こそ残り一つになっていたが、回復薬グレートはまだ半分以上残っている上に調合分もまるまる手つかずだ。

きっくん、あろまほっとの二人もよく似たものらしい。

その意味で、一番消耗が激しかったのは、実は眠そうにしているエオエオである。閃光玉や落とし穴を使って隙《すき》を作り、きっくんや、ＦＢがダメージを負った時に生命《せいめい》の粉《ふん》塵《じん》を使って援護してくれていたのだ。

「とりあえず、シビレ罠《わな》と、音爆弾《おとばくだん》も持ってきてるけど……」

ごそごそと、寝転がったまま自分のポーチを探り出す。

「あぁ、もう、お前、ポーチから荷物が溢《あふ》れてるから！」

だらしないエオエオにＦＢが呆《あき》れ半分でそう言う。

「あ、ほんとだ」

「お前、そのうち狩猟《しゅりょう》の報酬をもらい忘れて帰るんじゃねぇか？」

「え、どうして知ってるの⁉」

「まじかっ⁉」

ハンターは狩猟が終わった後、現場で剝《は》ぎ取《と》った分に加えてハンターズギルドから追加の報酬を手にする。

エオエオは、それを忘れて街に帰ったことがあったらしい。

「とにかく、音爆弾は……望み薄かなぁ」

先日のドスガレオスのように砂の中や、別のモンスターがやるように水に潜っている など、音の衝撃が伝わりやすい状況に身を置いていたり、大きな耳を持つ――つまり普通より優れた聴覚を誇るモンスターには効き目があることが多いが、セルレギオスの動きを思い出してみても砂の中に隠れるところを見たことがない。

むしろ、そんなことをすれば、あの鱗と鱗の隙間《すきま》から砂が入り込んで面倒なことになりそうだ。

それに、あの翼の形もそうだ。

水や砂に潜るタイプのモンスターは流線型の、流れの邪魔になりにくい体型をしていることが多い。

セルレギオスはスリムな体型をしているが、これは飛行が得意なモンスターに多い特徴でもある。

総合的に考えれば、セルレギオスに音爆弾という選択肢はない可能性が高い。

「隙があったら、試してみるのもありかもしれないけど」

あろまほっとが軽くフォローする。

「ん～、わかった。チャンスがあったらやる……かも」

「かもかよ！」

あろまほっとは、口添えのしがいがない、とブツブツ文句を言いはじめる。

「……一応聞くけどよ、あれでお前らは文句なかったか？」

不意にＦＢはそう切り出した。

セルレギオスに対する立ち回りではない。

実は、エリア7から拠点まで逃げ帰ってくる途中、あるものを見たのだ。

それはエリア2に入り、行きとは違って緩やかな上り坂になる砂丘を進んでいる時だった。

体重をかけると踝《くるぶし》まで足が沈み、力が逃げるせいで、砂山を登るのはかなり労力が必要になる。

しかも今、この瞬間にも、セルレギオスがこの場に現れる可能性があるとなれば疲労感は余計に膨れ上がる。

そんな中、FBは不意に空を見上げた。何かが見えたわけではない。強いて言えば、視線を感じたといったところだろうか。

視線の先、遠く、夜空の向こうに浮遊するものがあった。

巨大な布製の球皮《エンベロープ》の下に、幾本もの頑丈な綱で籠《バスケット》を吊《つ》り下げている。

「古龍観測所《こりゅうかんそくじょ》の気球だ！」

この世界には「古龍種」と呼ばれるモンスターがいる。

種と言いながらも、数種類存在するそれぞれの個体に共通性はほとんどない。しかもその生態は謎《なぞ》で、寿命が何年あるのか、どんな繁殖方法で増えるのか、群れがあるのか、個体数がどのぐらいいるのか、他にもあらゆることが謎に包まれていた。むしろ、謎に包まれたモンスターをまとめてそう称しているといってもいいだろう。

古龍種に属するモンスター達は、一個の生物が持っているとは思えないほどの巨大な力を持ち、ただ在るだけで、自然災害に匹敵する被害を撒《ま》き散らすとまで言われていた。人々は単に恐れるだけではなく、彼らに対して自然の象徴として信仰に近い感情を抱いている。

それでも、被害を座視するわけにはいかないため、人々は知恵を振り絞って古龍の被害を少しでも防ぐために、古龍の調査と、現在進行形で起こる被害の予兆を監視している。

古龍観測所は古龍についての調査と観測を受け持っている専門家の集団で、方々にあやって気球を飛ばして各地の異変を見張っているのだ。

あるいはマキシが騒いでいた噂《うわさ》を聞きつけ、動き出したのかもしれない。

手を振っていたからだろう、チカチカと、気球から光が点滅する。

向こうからもＦＢ達を発見したのだろう。そしてその明滅は一定のパターンを繰り返し、こちらにある意図を伝えてきた。

『モンスター発見。正体不明。避難を勧告す』

おそらく、この暗闇《くらやみ》のせいでセルレギオスの姿ははっきりとは見えていないのだろう。

あるいは、ＦＢ達が苦戦していたところをずっと見ていたのかもしれない。そのため、ここから退避することを勧めていたのだ。

この分では、古龍観測所から連絡を受けたハンターズギルドから調査が入って、ハンターが派遣されることもある。

そうなれば、ここでFB達が引き下がっても、マキシの言葉が本当だと証明してもらえる可能性は高い。

だから、無理はしなくていいのだ。

それでもFBは即座に合図を送り返していた。

「心配無用！　ここが俺らの見せ場だぜ！」

それを見たエオエオが「あぁ～あ」とため息をつく。

「これでまた、ますます俺達の評判が……。観測隊員だぞ、相手は」

「ますますってなんだ、ますますますって！」

きっくんが猛然と抗議する。

四人は他のハンターとは違った路線で活動しているために、理解されないことも多い。

きっくんはきっくんなりに、そういう不理解に不満を抱いていたのだろうか。

ともあれ、FBからの合図をどう取ったのかはわからないが、古龍観測所の気球は気流に乗ってこの場から離れていった。

FBの態度に怒ったというよりも、この場で起こっている異変をどこか、近隣の街や村に報《しら》せに行こうとしているのだろう。

――拠点に戻ってきたところで、ＦＢがそのことを持ち出すと、他の三人は「何を言ってんだ？」という表情になった。

「さすが、期待通りの反応ですな」

以心伝心。仲間の気持ちが確認できたことに満足しながら、ＦＢは頷《うなず》いた。

マキシのために、という目的はもはや存在しない。存在しないというより、ＦＢ達が達成しなければならないという絶対性がない。

ＦＢ達が退いても、ハンターズギルドが乗り出すからには何らかの痕跡は見つけてくれるはずだ。

一方、この狩猟を続けるとなれば、セルレギオスの生態はまだ充分に判明していないという大問題が立ち塞《ふさ》がる。

そもそも、どんな属性が有効なのかすらわからない。

ＦＢが持ってきたのは雷属性だが、これは単に――趣味だ。

外見が気に入っているというだけで、ここしばらく愛用しているだけであって、セルレギオスに有効かどうかはわからない。

しかもようやく怒った。つまり、本気を出したばかりのセルレギオスの底は、まだまだ、全く見えていない状態だ。

実際問題として、他のハンターならそろそろ引き返すという選択肢が現実味を帯びてくる頃だった。

では今、ＦＢが「引き返すか？」と問われれば答えは「否」である。

ＦＢは北の方の寒い地域で生まれた。そこから何かがやりたくて都会に出て、様々なことをやった。

きっくんとは最初から知り合いで、その後、あろまほっととエオエオの二人が加わり今の活動がはじまった。

マキシが言った通り、楽士《がくし》を目指していた。

ドンドルマで有名な歌姫《うたひめ》の伴奏ができるほどの、一流の楽士になろうと思っていた。

いや、今ももちろん思っている。

最初はごく普通に楽士を目指して音楽に打ち込んでいたのだが、マキシに言った通り必ずしも順風満帆《じゅんぷうまんぱん》とはいかなかった。

あるいは、この段階で成功していれば今のＦＢ達はなかっただろう。

一旗揚げるため、工夫しながら過ごす。

どんな音楽がいいのか、どうやれば今よりもっと上手《うま》くなれるのか。そんな工夫を重ねる中で、ふと思ったのだ。

ドンドルマのアリーナには、もちろん一般の住人も聴きに来るが、狩り場に繰り出すハンター達がよく歌姫の歌を聴きにやってくるらしい。

おや？　しかし俺達はハンターの気持ちが全くわからないぞ？

普通に街に住んでいる人達に聴かせる音楽ならそれでいいかもしれないが、ハンターもたくさん聴きに来るそうだけれど、俺達はハンターの気持ちがわからない……。

あれ、やばくない？

じゃあ一度ハンターの気持ちを味わってみるか。

そう思って、しかも表面的な気分を味わうだけではなく、どうせやるなら本格的になってしまえと、正式な手続きを踏んで訓練所へ通い、経験を積んでしっかりとしたハンターになってしまったのだ。

これが、楽士への近道になるのか、遠回りになるのか、それはわからない。

というよりも、そんなことは考えていなかった。

四人、性格も趣味もバラバラだが、一つだけ共通しているのはこういうところだ。何も考えていないわけではない。

むしろ色々なことを考えている。

ただその思考能力は、損得よりも「感じる」ことをより多く拾い上げていた。

今、この瞬間瞬間に、自分達が何を感じているのか。

　自分が感じたことをわからないはずがないと思われるかもしれない。しかし人間は意外に自分自身についても嘘《うそ》つきで、ちょっとした損得勘定や、恥ずかしさですぐに自分自身すら欺《あざむ》いてしまう。

　だからこそそいつも問いかけるのだ。

　お前が今、本当にやりたいのはなんなのだ、と。

　時には、自分達以外から見るとそれはおかしいだろうとか、何を考えているのかわからないといった答えにたどり着くこともある。

　あるいはさっき出会った、古龍観測所の気球に乗っていた誰かも「あいつら、わけがわからん」と思ったのかもしれない。

　それでも今、ＦＢが感じているのは、これほど追い詰められた状況にあるにもかかわらず、ここで止《や》めたくないと、このまま狩猟を続けていたいということだ。

　だからもう、最初はマキシというきっかけがあったとしても既にマキシのための狩猟ではなかった。

　ＦＢ達が望み、ＦＢ達が選ぶ、ＦＢ達自身のための狩猟なのだ。

「よし、そうと決まれば全力で休憩を取って、もう一回セルレギオスに挑もうぜ！」

　疲れの溜《た》まった体を起き上がらせて、ＦＢは声を張り上げる。

　……ところが、

「ええ、なんでそんな熱血展開なのさ？」

「面倒くさい」

「FBの独裁者～」

仲間からの評判は今一つだった。

「ま、しょうがねぇか」

「FBだからなぁ」

「だね、腐れ縁？」

ブツブツ言いながらも、三人はそれぞれの道具をもう一度確認し、腕を回したり屈伸をしたりと自分の体調を確かめていった。

「となると、セルレギオスをどうやって狩るかが問題だな！」

「……改めて考えると嫌になってきそう」

きっくんとエオエオの二人はやる気を出して発言する。

ところが、いつもならここでエオエオに突っ込みを入れていたはずの、あろまほっとは腕組みをしながら考え込んでいた。

「そう言えば、あろまに聞きたいんだけど」

「ん？　なに？」

腕組みを外して、あろまほっとはこちらに向き直った。

「お前さ、武器をわざわざ持ち替えたじゃん？　それってなんか理由があんの？」

気楽に発した問いだったが、それこそ考え込んでいた何かのキモであったらしく、あろまほっとは困ったようにヘルムの、首筋あたりをコリコリとかいた。

「ん～、最初に言っとくぞ。外れてても文句は言うなよ」

「なんだよ？」

不思議な言い回しにＦＢは首を傾《かし》げ、きっくんとエオエオも「ん？」と、あろまほっとを見やった。

「だから、間違ってたりしても文句言うのナシな」

あろまほっとにしては珍しい、持って回った言い方にますます疑問が膨らむ。あるいは、あろまほっとは一人だけ狩猟の続行に反対なのだろうか。

そんなふうに感じはじめた頃、あろまほっとはようやく重い口を開いた。

「いや、俺、前回見てたんだけどさ、つか、確信とか証拠とかはないんだぜ、ないんだけど、なんかＦＢの攻撃だけ効いてる気がしたんだよな」

「………は？」

「いや、俺、ハンマーで気絶を狙ってたからさ。踏み込む隙を見極めようとして自然と全体を見る感じになってたんだよね」

「ふむふむ。んで？」

「いや、そんな大したことじゃねぇけど、だから雷属性に弱いのかなって」

「はあぁっ⁉」

あろまほっとの発言に、ＦＢは思わず声を張り上げていた。

「おま、そういうことは事前にきちんと教え合おうぜ！」

「いや、だって、そもそも半信半疑だったし、それでもし外れてたらお前らメッチャ文句言うしさ」

対して、あろまほっとは日頃の扱いが悪いんだと完全に開き直る。

「当たり前だ！　そんなオイシイ出来事は、残さず余さずしゃぶりつくす！」

きっくんは、取り繕う気配すらなく更に煽る。

「その苦境を乗り越えてでも仲間のために尽くす！　それが真のハンターというものではないだろうか！」

ＦＢも半分面白がって、演説をぶってみる。

「まぁ、今頃わかったところでどうにもならないけど」

エオエオは相変わらずマイペースで感想を口にした。

「まぁ、そだな。しかしエオエオ、ここでは大して変わらなくてもうやむやにしてはいかん！　何故《なぜ》なら、無事にドンドルマに帰ったら、あろまにお詫《わ》びとしてゴチソウをたかるという口実になるからだ！」

「おぉ！」

「『おぉ！』じゃないから。奢《おご》らないし」

「あろまのケチィ」

「子どもかお前は！」

きっくんと、あろまほっとが言い合っている間に、ＦＢは頭の中で計算を組み立てていた。

計算と言えるほど精密なものではない。

ただ今は、ひと欠片《かけら》の希望が必要なのだ。

狩猟を続けるにしても、頼り、すがる手がかり。ちょっとしたことでいい。この動きを見せたら必ずこう動くという癖。凶悪な鱗がびっしりと生えている巨体の中でここだけは弱いという弱点。

わずかながら、雷属性に弱いという事実は、欲しい手がかりの一つになる。

ただ、どのぐらい弱いのかがわからない上に、本当に弱いのかどうかも、あろまほっとの直感頼りでしかないのだ。

「他に、何でもいい。どんな些細《ささい》なことでも気がついたことがある奴はいないか？」

ここからは様子見などと甘いことは言っていられない。

四人の全力を振り絞る、総掛かりの狩猟だ。

セルレギオスがようやく本気を見せたとしてもまだ、FB達もすべてを振り絞ったわけではない。

何より、あのセルレギオスの姿、こちらを翻弄する凄《すさ》まじいまでの身のこなし、他のほとんどの人達が見たことがないという希少性。

恐ろしいと思う。

思う反面、少しでも長い間、あのモンスターを見ていたい、やり合っていたいとも思うのだ。

ここで引き返す選択をする人間の方が、頭がいいのだろう。しかしFBは、ここで引き返さず、あの恐ろしいセルレギオスに挑み続けることの方が胸が躍る。ビビリながら、震えそうになりながらも、見ていたいと思うからこそ挑むのだ。

次の瞬間、あいつはどんな風に動くのだろう。

こちらが斬り込んだらどんな反応を示すのだろう。

どこまでやれば自分達の技量が通じるのだろう。

通じるのか、それともそもそも通じないのか。

そんな好奇心や疑問をうやむやにしたまま引き上げたら、必ず後悔をする。それも何年もの後の話ではなく、ドンドルマに帰って腹一杯飯を食い、ひと晩眠って目を覚ましたら、速攻で後悔するはずだ。

どうしてあの時、もっとやらなかったのだろう、力の限りを尽くさなかったのだろう――と。

そんな後悔をしている自分は、面白くないのだ。

「よし、行くぜ！」

ひとまず、雷属性が効果的だという、あろまほっとの直感を信じる。あとはこの狩猟を、心から楽しむことにした。

2

休憩を終え、それぞれの状況を確認し終わった四人が拠点を出ようとした時、セルレギオスは、まるでＦＢ達を追いかけてきたかのように、拠点のすぐ側《そば》――エリア２へと降り立とうとしていた。

「わははははは、来た来た来た！」

「言うなれば！　空気を読むこと、エオエオ以上！」

「甘いマスクは、きっくん以上……」

ぽつりとエオエオが反撃をする。

ＦＢとあろまほっとは思わず噴き出していた。

「ぬぁにぃ！　この、旧砂漠に降り立った漆黒《しっこく》の堕天使《だてんし》こと、きっくんに勝る甘いマスクだとぉ！」

「いや、もう大げさなリアクションはいいから、早く備えろって」

そう言い捨てて、ＦＢはセルレギオスの着地点を目指して走り出した。

徐々に高度を落としたセルレギオスは、ここでＦＢ達の存在に気づき頭を向ける。その眼前に、エオエオは閃光玉を投げつけた。閃光玉は、あろまほっとが拠点でエオエオに手渡していたものだ。

弾けると同時に放たれた閃光は、今度もセルレギオスの目を眩ませ、墜落させる。

「ガァアァァァッ！」

地響きと共に砂漠の砂が舞い上がる。

その淡い砂煙を突き抜けてＦＢとあろまほっとの二人は一気に距離を詰めていった。

「あ、ちょっと待てってって！」

きっくんはリアクションを取っていたおかげで一歩遅れる。

ＦＢは、さきほど部位破壊した方とは別の前脚に向かい、あろまほっとは頭を目指す。

だが、距離を詰める間に、起き上がったセルレギオスはあっという間に視覚を回復してしまった。

「ガアアアァァァァァッ！」

翼を大きく広げ、全身の鱗を波打たせて威嚇《いかく》するセルレギオスに、ＦＢ達は動じずさらに距離を詰める。

最初から、閃光玉で隙を作り出そうなどとは考えていない。もう今回の狩猟中では、閃光玉にそういう効果を期待できないのだ。

目まぐるしく動き回るセルレギオス相手では、距離を詰める間に舞い上がり、背後に回り込まれないだけでもありがたかった。

「おりゃあっ！」

踏み込みながら突きを繰り出す。

あろまほっとは目が眩んでいる内に一撃しようとしていたようだが、早々に相手が回復したせいで踏みとどまる。

代わりに、きっくんが一歩遅れたにもかかわらず、そのまま突っ込んでいく。

「どりゃあぁっ！」

「ばか、きっくん！　そこはさっきも弾《はじ》かれたでしょうが！」

「わかってらいっ！」

あろまほっとの代わりとばかり、きっくんは頭部を狙ってまっすぐ走り寄り、折りたたんだまま背負っていたディオスアックス改を展開させながら振り上げる。

しかし、今度はその形が違った。

さっきまで、その重みで標的を叩《たた》き斬っていた斧頭《おのがしら》は手元近くに下がり、代わりに柄《つか》の部分に畳まれていた刃の先端が音を立てて開き伸びる。

長い柄と、現れた刃先。

それらは長大な剣となり、きっくんは駆け寄る勢いを乗せてそのまま振り切った。剣モードだ。

その剣速は、斧《おの》モードの時とは比べものにならないほど鋭く、多少の斬れ味不足の不利を埋めて余りある。

頭が翼爪甲より硬いのかそうでないのかはわからない。ただ、きっくんが、ひらりひらりと閃《ひらめ》かせる剣閃のすべては、セルレギオスの頭部に吸い込まれていった。

弱点なのか、それともここまでの、あろまほっとが加えた打撃が蓄積していたのか、きっくんの斬撃《ざんげき》でセルレギオスは怯《ひる》み、大きく体をのけぞらせる。

「ガアアアァァァァァッ⁉」

その隙を、ＦＢは見逃さなかった。

突きを繰り出しつつ、その反動を殺すように腰を落としながら構えを取る。穂先《ほさき》をまっすぐにセルレギオスの翼へ。

王銃槍《おうじゅうそう》ゴウライ改の冷却は、とっくに終わっていた。

――三度《みたび》、その穂先が火を噴く。

強烈な爆発が、翼の表面から鋭い鱗を吹き飛ばした。

「ゴワァアァァァァァァァッ⁉」

巨大なセルレギオスの体が、激しく左右に揺れ動く。

だがこの状況そのままに、ＦＢ達の力がセルレギオスを圧倒しているわけではもちろんない。さきほどは、ここで浮かれて失敗したのだ。

同じ間違いは犯さない。

自分達の攻めが功を奏してなお、ＦＢは気を引き締めて次の動きに移る。王銃槍ゴウライ改を畳み納刀すると、ポーチから音爆弾を取り出し投げつけた。

拳大のそれは、セルレギオスの鱗に当たった途端、甲高い音をあたり一面に撒き散らしながら弾け飛ぶ。

「やっぱ無理か！」

これ以上、この場に留《とど》まって攻撃を加える手段がなかったＦＢは、いったん距離を取る必要があった。その際に、どうせなら試すことを全部試してやろうと思ったのだ。

「うらぁっ！」

きっくんは足を止め、セルレギオスの頭部を斬りまくる。

ナイフのように鋭く尖った特徴的な角に、何度も何度も斬りつけるディオスアックス改の刃だが、表面を削り取るだけで劇的な効果は見られなかった。

蓄積したディオスアックス改の属性攻撃も再び爆発してセルレギオスの頭部を焦《こ》がすが、それだけだ。

そして再び――、

「ガアアアァァァァァァァァァァァァァァァァァァァッッッ！」

全身を震わせて、セルレギオスは怒りをぶちまけた。

「きっくん、離れろ！」

「いや、まだ、もう一撃っ！」

きっくんは、剣モードにしたままの切っ先をセルレギオスの顔面に突きつける。スラッシュアックスに装着した瓶から光が迸《ほとばし》り、その剣身を振動させながら先端に集まっていく。

しかしFBが、きっくんが何をしようとしているのかを悟るより早く、セルレギオスの方が動き出す。

「ガアァァアッ！」

鋭い歯が生えそろった顎《あご》を大きく開けて、きっくんに噛《か》みつく。

「うひゃっ!?」

更に斬撃を繰り出そうとしていたところから、きっくんは奇声を上げて上体をのけぞらせた。致命的な一撃こそ回避したものの、素早く突き出された顎はぶつかるだけで巨大な岩に激突したに等しい。

きっくんは砂の上を縦に一回転しながら吹っ飛ばされた。

「うお、人間が縦回転……、初めて見た！」

「すげぇ！」

ＦＢとあろまほっとの二人が呑気《のんき》な感想を漏らすが、普段のマイペースな言動が嘘《うそ》のように、即座に動いたエオエオが生命の粉塵を使って周囲の仲間を回復させる。

「エオエオ以外のお前ら、覚えてろよぉ！　すんげぇ怖かったたっつぅの！」

顔から突っ込んだせいで口の中に入った砂を「ぺっぺ」と吐き出しながら、きっくんが猛然と抗議した。

「小回りが利かない武器で深追いするからだろうが！」

ＦＢは応酬しながらも、手にした閃光玉をポーチの中へと戻す。

危ない状況が続くようなら、わずかな時間稼ぎだとしても閃光玉で援護をしようと思っていたのだ。

そんなＦＢ達の目の前で、セルレギオスは一瞬の隙を突き四人の囲みを突破する。

逃げるのではない。

そこから、滞空したまま狙いを定めるとその巨体をくねらせ飛来する。

「どわっ！　俺かよっ！」

ＦＢは慌てて王銃槍ゴウライ改を構え、その盾で上から落ちてくる蹴りを受け止めた。

「くぅ、強烈っ！」

ずしんと、体を突き抜ける衝撃に顔をしかめる。

セルレギオスは構わず再び空へと舞い上がり、頭上からＦＢを蹴りつけてきた。

勢いを付けて飛び込んでくる蹴りほどの重さはないが、滞空した状態だというのに自由自在な角度から蹴りが飛んでくる。

冷や汗をかきながら、それでもこの恐ろしい生き物に対して、ＦＢは心から賞賛の念を抱いていた。

「だははははは！　すげぇ！　とんでもねぇ！」

他の三人も、怯《ひる》むどころかさらに前のめりになってセルレギオスに立ち向かっていく。

ただその動きは、セルレギオスを捉《とら》えるところまではいかなかった。

あろまほっとが再びの気絶を狙ってブリードパッシングを振りかぶるが、それが頭部を捉える直前、標的が消える。

横にステップをしてよけたのだ。

強烈なハンマーの一撃は、地面に激突して砂煙を巻き上げただけに終わる。

そのセルレギオスが着地した地点には、きっくんがすでに走り込んでいた。

「おりゃあああぁぁぁぁっ！」

ディオスアックス改でも剣モードなら弾かれない可能性が高い。その感触を得て、踏み込みがさらに大胆になっていた。

それでも、当たらない。

これも、横ステップしたところ、動き終わった場所を斬りつける形になってしまっていた。

「ばか、よく見ろよ！」

「うっせぇ、見てるっつぅの！　こいつの動きがとんでもねぇんだよ！」

きっくんの言葉は間違いではない。

セルレギオスは、怒り出してからの動きが半端なく鋭くなった。ここまで、こちらの攻撃がまともに当たっているのは、閃光玉や落とし穴で相手の動きが阻害されているときぐらいで怒っている状態では一撃すらまともに入っていない。

あるいは、怒り出せばエリアを移動し、セルレギオスが落ち着くのを待つ。

ペイントボールさえ切れ間なく維持しておけば、決して不可能な策ではない。実際、自分達が相手できるギリギリの力を持ったモンスターと相対する際になど、こうした方策を採るハンターもいると聞く。

ハンターズギルドが設けている制限時間を限界まで使い、安全を最優先に考えて狩猟するという考え方だ。

それも一つの正解である。

自分の生活、あるいは特定の村に腰を据えて村人達に頼りにされているハンターなど、無事に帰って結果をもたらすことが何よりも重要な場合、こうした策は大きな意味を持つだろう。

しかしFB達は、少なくともFB自身は、この策を選ばない。

なぜなら、FB達は狩りの結果ではなく、今この瞬間、瞬間の過程こそを追い求めているのだ。

セルレギオスが本当の力を見せないように、やりやすくやりやすく誘導してどうする?

例えば持っている道具を使わず、わざわざ不利にすることはない。自分達は自分達で全力を出すし、事前に弱点となる属性がわかるなら遠慮なくそこを突く。

だが相手に本当の力があるのなら、それを封じ込めるように立ち回ってどうなる、という心境だった。

見たいのだ。

もっと、今、自分達が向き合っているモンスターがどんな動きをするのか、どんな攻めを見せるのか、こちらの攻めに対してどう反応をするのか。

力と力をぶつけ合えばどんな結果が生まれるのか。

その一瞬、一瞬の積み重ねを追求することこそが、大切だと思っていた。

だからいくら苦労しようとも、セルレギオスが見せるべきものを一つ残らず全《すべ》て見てやるのだと思うのだ。

四人の中でもっとも身軽なエオエオがセルレギオスに駆け寄って斬りつける。片手剣の軽妙な斬撃が次々と鱗の表面を削っていく。

しかしやはり、速い反面、重さがない。

セルレギオスは意に介さず、大きく尻尾を振り上げ背後から斬りかかっていたエオエオを殴り付けようとする。

その攻撃を見て取って、エオエオはすぐさま盾を構えた。

ＦＢの、ガンランスの盾ほどの性能はないが、片手剣はどの方面にも隙が少ない。それゆえに器用貧乏に陥ることも多いのだが。

ともあれ、鞭《むち》のように振り抜かれる尻尾の一撃を浴び、エオエオは辛うじて防ぎきるものの、盾を構えたまま大きく後ろへと押しやられてしまった。

セルレギオスはその隙に、翼を広げて舞い上がる。

そのまま、エオエオに向けて追撃の蹴りを繰り出した。

「どわっ⁉」

追撃が来るとまでは考えていなかったのか、降ろしかけた盾を慌てて構えなおして攻撃を受け止める。

「だぁっ！　見てないで助けてくれよ！」

「わかってる！」

飛んでいるセルレギオスに手出しできる人間は、ここにはいない。それでも、いい加減、何度も見てきたいくつかの動きは目で追えるようにはなってきている。全てではないにしろ、先読みできそうな動きもあった。

「このあたりかっ⁉」

エオエオを蹴りつけたセルレギオスが着地する場所を予測して動く。

着地する瞬間を確かめてからでは遅い。すぐに次の動きに移るからだ。

しかし、

「だぁっ！　空振りかよっ！」

ＦＢの予想とはまるで違う場所にセルレギオスは着地する。

「うわ、恥ずかし！」

きっくんが冷やかしながら、着地したセルレギオスを追って走り寄る。

納刀した状態から斬りかかろうとするが、やはり斬撃を繰り出すよりも先に動き出し、まるで誘い込まれるように走りこんできた相手に大きな顎を開いて噛み付く。

「ひゃぁっ⁉」

一撃すると同時に、変な悲鳴をあげながら地面を転がり難を逃れた。

「次！」

あろまほっとが動く。

そのタイミングは、さっきのＦＢよりも早い。

いくら素早いセルレギオスも、無限に動き続けられるわけではない。特に大ぶりの攻撃行動を取った直後、大きな動きであるがゆえ、全身に乗った勢いを殺すために体が硬直してしまうことがある。

むろん、それで生じるのはほんのわずかな隙だ。

それでも、生き物として存在している以上、絶対に動けない瞬間が存在するのであれば、そこを突く。

あろまほっとの動きはその隙を逃さないためのものだった。

大きく、小回りの利かないハンマーを使いながら、四人の中でもっとも隙が少ないのは、あろまほっとである。

振り上げたブリードパッシングは今度こそ、着地直後で硬直していたセルレギオスの頭部を直撃した。

慎重すぎて、答えにたどり着いているのに念を入れて確認できるまで誰にも教えてくれない一面はあるが、相変わらず燻銀《いぶしぎん》の活躍だった。

「よし、俺も負けてられねぇなぁ！」

ＦＢも続いて動き出す。

隙は一瞬しかない。

ＦＢが駆けつけた時にはセルレギオスはとっくに次の動きに移っていた。飛ぶか、と次の動きを読もうとしたＦＢに向き直り、全身の鱗を波打たせる。

「まずい！」

そう思って立ち止まると同時に鱗が飛ばされた。

もう盾を構えるような隙はない。

瞬時に判断をして、ＦＢは地面を転がって鱗の射線から退いた。起き上がり体勢を立て直す前に、セルレギオスがこっちに突っ込んでくるのが見える。

まるで、硬直の瞬間を狙ったさっきの攻撃を、やり返されたようなタイミングだ。

「嘘でしょ!?」

その場からさらに転がる。

低くした体の、ほとんど真上を通るようにしてセルレギオスが通り過ぎた。尻尾の先端が、背負った王銃槍ゴウライ改の表面をかすめ、ガリッと嫌な音を立てる。

ほんのわずか逃げる方向がずれていたら大怪我《おおけが》だ。

冷や汗をかきながらも、体はさらに高ぶった。起き上がり、遠ざかるセルレギオスの背を追って走り出す。

　閃光玉の効果はほぼない。

　音爆弾は効かない。

　他にはエオエオが持ち込んでくれているシビレ罠がある程度だが、気休め程度にしかならない。

　あとは自分の体と自分の武器だけが頼りとなった、セルレギオスとまともにぶつかり合う狩猟になっていくのだ。

　だがそれこそ、望むところである。

　本気で怖い。

　ちょっと気を抜けば大怪我と隣り合わせなのだ。

　それでも次の瞬間どんな動きを見せるのか、わくわくしてくる。

　その気持ちもまた本物だ。

　全力でぶつかっていっても平然と受け止め平気で反撃してくる。その力強さを間近で感じられるのは感動ものだった。

　突進の終着点には、きっくんが先に回り込んでいる。

　剣モードで抜きながら斬りつける斬撃が、動きを止めたばかりのセルレギオスに命中した。間を置かず、あろまほっとともブリードパッシングで殴りつける。

エオエオも駆けつけようとするが、わずかに間に合わなかった。

「単発じゃ、やっぱ無理だって！」

あろまほっとは二発目を当てようと振りかぶるが距離を取られてしまう。それで文句を言っていた。

やはり、どうにかして長時間動きを拘束し、それぞれの攻撃を固めて叩き込むチャンスを作り出さないとセルレギオスは倒れないだろう。

「やれるとこまでやってやる！」

ＦＢは頬《ほお》を滴り落ちる汗を拭《ぬぐ》い去《さ》ってからそう呟いた。

3

ＦＢ達は全てを出し尽くした。

シビレ罠はもちろん、ほとんど効果がないとわかっても、相手の行動の邪魔をするぐらいはできる閃光玉も使い切った。

脚止めのための道具を使い尽くすと、今度は回復薬の消耗が激しくなった。

回復薬グレートも残り少ない。元から持ってきた分ではなく、調合分も全部含めての、残りがだ。

エオエオも生命の粉塵を使い切っている。

だというのに、セルレギオスの動きを見切ることはできていない。

そもそも、見切れるものではないのかもしれなかった。いくつかの癖は見つけることができたが、ほんのわずかな違いで見誤ることも多かった。

体力的な消耗は限界に近づきつつある。

希望的な展望は未《いま》だ、何一つ見えてこない。

そして四人と一頭は、再びエリア7に場所を移し、流砂の池を挟むようにしてにらみ合っていた。

「へ、へへへ……」

もはや四人ともバテバテで、どうにか立っているだけといった様子であった。

それでも、

「あれだな、いい加減、しつこいとか思われてるかもしんないな」

セルレギオスにである。

「もうちょっとあっさりしてたらFBは、女子にモテモテだったかもなぁ」

きっくんも、減らず口を叩きながら立っている。

「おかげで俺まで非モテに巻き込まれて迷惑だよなぁ」

「お前は般若面《はんにゃめん》なんて被ってっからだろうが！」

「うるさい、これは、東方の国では誰もが被っている正式な装束なのだ——たぶん」

「たぶんとか言ってるし！」

あろまほっとにとりあえず突っ込みながらその横を見ると、エオエオはこっそり居眠りしそうになっていた。

「こら寝んな！」

「え？　ダメ？　こいつ、大人しくしてたらあんまり狙ってこないじゃん。だから、FB達が動いてたらいい囮になるかなぁとか」

「「本気で酷い人か！」」

三人の突っ込みが重なる。

「まぁ、冗談はともかく……」

セルレギオスに視線を戻す。

空気を読んだわけではないだろうが、得意にしている間合いを微妙に外して立っていたおかげでこちらの様子を窺《うかが》っているようだった。

「俺達ぁしぶといぜ！　んで、大人しく引き返すこととか期待してたら生憎《あいにく》だなぁ！」

一歩、前に出ながらFBは声を張り上げる。

「俺らは簡単に諦めてなんてやんねぇからよ！　お前と俺らと、まだまだ根気比べを続けてやるぜ！」

狩猟できる気は全くしない。

しかしFB達の目的は、この一瞬一瞬で、セルレギオスの動きを見て、セルレギオスの手強さを肌で実感することそのものなのだ。

ワクワクしてゾクゾクして、背筋が震えるほど気持ちが高ぶってくる。

そしてそれは、きっくんや、あろまほっとや、エオエオも同じなのだ。

言葉にしなくてもわかる。

そうでなければとっくに決別していただろう。同じだからこそこうやって、今も一緒に行動しているのだ。

四人でいることは別に契約でも規則でもなんでもない。

嫌になったら別れる。

それだけの関係だ。

それだけの関係だからこそ、心底同じものを共有してなければ一緒にいられない。そんな四人が今も一緒にいられるということは、性格や好みは全然違っていても、根本に流れているものは共有しているということなのだ。

巻き込んで悪いとは思わない。

きっと同じものを求めているると信じているからだ。

だからこそ限界まで、セルレギオスに食い下がって、この強大なモンスターのすごさを、ゲップが出るまで味わいつくしてやるつもりだったのだ。

「ほら、来いやっ！」

挑発するＦＢだったが、セルレギオスは動かない。

それどころか、億劫《おっくう》そうにその場から動かず、口からは涎《よだれ》を垂らしていた。

「もしかして……」

ＦＢは身を乗り出して目を凝らす。

視線の先にいるセルレギオスは、ＦＢ達と同じように消耗している。

俗に言う、疲労状態だ。

大型モンスターは長時間ハンターとやりあっているとスタミナ切れを起こして動きが鈍る。

強大な力を発揮する巨体は、言い換えれば、それだけ消耗が激しい体であるとも言えるのだ。

「だははは、また新しい展開！」

「粘りに粘って、最後で狩猟達成とか、俺達にふさわしいんじゃねぇの！」

きっくんも同じことに気づいて気力を取り戻す。

あろまほっとも エオエオも、へばっていたのが嘘のように姿勢を正していた。

「よっしゃ、みんな、もうひと踏ん張り行ってみますか！」

「「おう！」」

気合を入れ直し、走り出す。

大型モンスターの疲労状態は一時的なことだ。こうやって、消耗を抑えながらしばらく経つと、何もなかったかのように活力を取り戻す。

これが、これこそが正真正銘最後のチャンス。

一秒たりとも無駄にはできなかった。

「行け、行け、行け、行け！」

自分に言い聞かせるように叫びながら走る。

互いの間に横たわる流砂の池になど構わず突っ切った。四人が接近してきても、セルレギオスは動こうとしない。

「この俺の、ブラァァアスト・アタァァアァッツック！　受けてみやがれぇ！」

いくら疲労状態とはいえ、この強大なモンスターにきっくんは真正面から突っ込んでいく。

しかし今のＦＢには、それを危険だとか無謀だとか突っ込む気力すら惜しかった。基本通りセルレギオスの横合いから走り込む。

反対側からは、エオエオが同じように斬り込んでいく様子が見えていた。

二人はそれぞれの武器を抜き、無我夢中で攻撃を加える。きっくんが真正面から突っ込んでいるおかげでＦＢとエオエオが攻撃される可能性は極めて低いからだ。

ヒドいと言うなかれ、きっくんが特攻しようと囮になろうと、最終的にセルレギオスを狩猟できれば、それは四人全員の手柄。

誰が偉いわけでもない、全員で分かち合う狩猟成功なのだ。

突きを二回、ガンランス自体を振り回してその重量を叩きつける。直後に砲撃。慣れ親しんだ型で攻撃を繰り出していく。

体力は限界に近い。

それでもなけなしの、最後の集中力を絞り尽くして注ぎ込む。

視野狭窄上等。普段の、周囲を把握しながら動く、などという基本などすっ飛んでいき、感覚が自分の手元を残してすべてカットされていく。

届くか届かないか。

壮絶な、もう引き返すことなど許されない消耗戦。

それでもやや、ＦＢ達の分が悪かった。倒れるようで、倒れない。セルレギオスはその身で猛攻を受け止めながら力を溜め、疲労が抜ける瞬間を待っていた。

倒れない。

倒れない！

倒れないっ‼

そして、とうとう、先にＦＢの方が限界を迎えた。

「くそっ！」

ほとんど息を止めるようにして立て続けに王銃槍ゴウライ改を振るっていた。酸欠で思わず息を吸うと、吐き出した息と共に体の力まで抜け、もう動けなくなってしまう。

見れば、エオエオも、きっくんも同じ有様だ。

今度こそ終わりかと項垂れかけたＦＢの前──視線よりやや高い位置に、だん、と着地音が響く。

顔を上げてみれば、あろまほっとがセルレギオスの背に飛び乗っていた。

普通の状態であればまず考えれらない選択。相手が疲労状態でほとんど動かなくなった今しか考えられない選択だった。

セルレギオスの側に、岩の柱が倒れている。

すり鉢状になったエリア７の、それはさらにセルレギオスを見下ろすような一段高い段差を生み出している。

一人だけ三人とは別の行動を取り、駆け込んだ勢いをそのまま使って段差から身を躍らせたのだ。

不安定な背中に乗ったまま、あろまほっとは腰に差した剥ぎ取り用のナイフを抜き放ち、全身の体重をかけてセルレギオスに突き立てる。

それでも小さなナイフではハンマーのように武器自体の重量に頼ることはできない。刃先は何度も堅い鱗に弾き返されるが、あろまほっとは諦めない。

「おりゃあっ！　だりゃあっ！」

「ガアァァァッ！　ガアアアァァァァァァァッ⁉」

何者かが自らの背に取り付いたことを悟ったセルレギオスは、必死で振りほどこうとその場で暴れ出す。

あろまほっとはいったん手を止め、必死に翼を掴んで堪《こら》えようとした。

暴れ回る巨体に比べて、あろまほっとは小さすぎる。いつ吹き飛ばされてもおかしくないと冷や汗をかきながら見守ることしかできない。

しかし、疲労しているセルレギオスは、暴れまわることにも疲れてすぐに立ち止まってしまった。

その隙を突いて、あろまほっとはさらに足元の鱗にガンガンと剝《は》ぎ取り用のナイフを突き立てていった。

「この野郎！　いい加減に！　諦めろって！」

これでもかと突き込まれるナイフの切っ先から、バキンと、異音が響き渡る。一瞬ナイフの方が折れたのかと思いかけた直後、巨体がぐらりと揺れた。

セルレギオスの巨体がたまりかねて地面に崩れ落ちたのだ。

「おわぁっ⁉」

あろまほっとは声を上げげながら吹っ飛ばされる。

しかしFB達はそれを顧みることなどなかった。

「「やりやがったぜ、あろまの野郎！」」

叫ぶと同時に三人は死力を振り絞って動く。

セルレギオスが立ち上がるには、しばらくかかる。

これが正真正銘、最後の好機だった。

FBが真っ先に突っ込む。きっくんは普段のお茶らけた雰囲気をかなぐり捨てて、エオエオは……いつも通りにマイペースで攻撃を加える。いずれにしても全員、もう一滴の力も残さない勢いで武器を振り回した。

負けてはいられないと、あろまほっとも駆けつけブリードパッシングを振りかぶり頭部に強烈な一撃を叩き込んだ。

その衝撃が逆に刺激になったかのように、セルレギオスは震えながらその身を引き起こしてしまう。

最後の好機が、終わってしまった。

体力も集中力も道具も策も、今度こそ何も、何一つ残ってはいない。

「ダメか……」

そのひと言で、ＦＢだけではなく、他の三人まで緊張の糸が切れ、その場に座り込んでしまった。

もう、最後の力も使い切ってしまったのだ。

それでもセルレギオスはまだ立っている。もう終わりだ。回復薬があるとかないとか、時間が残っているとかいないとか、そういうことではない。

これ以上続ける気力が残っていないのだ。

だが、ＦＢには自分の全てをぶつけ切った実感があった。あとはここから、どうにか離脱して狩猟失敗の手続きをしてドンドルマへと引き上げるだけだ。

そこで肝心なことに気づく。

「……あ、やべ、逃げる体力残ってないかも」

本気で冷や汗が噴き出してきたところで、目の前のセルレギオスが動き出した。

見れば、他の三人も似たり寄ったりで、その場でうずくまったまま動く気配がない。

「やばいよ、これってば、本気でやばいって！」

そうして、セルレギオスは翼を大きく広げ舞い上がる。

もう盾を構える力も残っていなかった。蹴りが来るのか、それとも距離を取って突進か、あるいはその場から鱗を撃ってくるのか。

――だが、セルレギオスは滞空したまま一向に動かなかった。

ＦＢ達を見下ろし、そしてそのまま、さらに上空へと上昇していく。

エリアを変えるのか、そう感じたＦＢがペイントボールの匂《にお》いに集中した。少なくとも自分から離れていってくれたおかげで引き上げる隙ができる。

そう思ったＦＢだったが、

「これは、違う……」

違っていた。どこのエリアにも向かう様子ではなく、狩り場の外を目指して飛び去って行こうとしているのだ。

「こりゃ、撃退《げきたい》ってやつか？」

狩猟の結末の一つだ。

だが本来は、もっと、人の手に負えないような強大な存在を相手に使われる言葉である。飛竜種の一モンスターに使うのは、異例中の異例だろう。

ともかくセルレギオスはこの場を立ち去ろうとしていた。

ついさっきまで、自分達の力不足から逃げ帰ろうとしていたのだから、先にセルレギオスから場を離れたのだとすれば、薄皮一枚でこちらに軍配が上がったと言えなくもないだろう。

ＦＢとしては複雑な心境だが、きっくんにはこれで充分だったらしく、同じ結論に至った瞬間立ち上がって高笑いを浮かべる。

「だ～ぁっはっはっはっは！　やってやったぞこんちくしょう！　言うなればこれぞ、俺達の伝説的狩猟伝説の幕開けってことだ！　もうちょっとやってりゃ討伐できたけどな！　なはははは～！」

空に向かって大声で笑う。

「わ、ばか！」

まるでその声が聞こえたかのように、視線の先、すでに米粒ほどの大きさになっていたはずのセルレギオスがぐるりと旋回する様子が見えた。

旋回して、こちらに向き直る……。

「わぁ、ばかばかばかばか！　きっくんのバカ助！」

「うわぁ、おわぁ、嘘です嘘！　今回はお疲れさまでしたっ！」

「きっくん、責任取れよ！」

「きっくんを生贄《いけにえ》にして、先に逃げよう！」

四人が四人とも、その場で慌てふためいていると、みるみるセルレギオスの姿が大きくなって近づいてくる。

そもそも、こうして無駄なやり取りをしている間に逃げればよかったのだが、もはやすべてが手遅れ。

これで終わったと思っていたのに、雪辱戦がもうはじまるのか。

そんなもん無理に決まってる！

頭の中で山のように大量の文句が飛び交うＦＢに、ごうごうと激しい風音を立てながら飛来したセルレギオスは、その風圧で砂を巻き上げＦＢ達に頭からぶちまける。

「ぶはっ!?」

超低空飛行で頭上をかすめるように飛び、そしてそのまま、何事もなかったかのように、さっきとは反対側の空へと飛び去っていってしまった。

「は……？」

砂まみれになりながら、ＦＢ達はぽかんとセルレギオスの飛び去った方向を眺めていた。

もう帰ってくる様子はない。

今度こそ、誰も軽口を口走るものはいなかった。

もしいたら、即座に他の三人から袋叩きにされていたであろう。

ともかく、これでＦＢ達のセルレギオス狩猟は幕を閉じたのだった。

「終わった、のか……」

狩り場のど真ん中にいるのも忘れて思わず立ち尽くす。

「終わった、と思いたい……」

「終わってなかったら、きっくんが可哀想《かわいそう》なことになるだけだけど」

「まぁ、花ぐらいは供えに来てもいいかな」

「こっそり酷いよね、エオエオさん」

「えへへ」

「褒めてないから！」

ともあれ、とＦＢは大きく息を吐き出した。

嫌がらせのように頭から浴びせかけられた砂を払うこともすっかり忘れてしまっている。

考えれば、今回の狩猟は運がよかっただけだ。あらゆる展開……麻痺したり、ダメージが重なって怯んだり、気絶したり、そういうタイミングがほとんどすべて上手くいった。

たとえば麻痺させたとしても、他の三人が回復薬や砥石《といし》を使うために離れてしまっていて攻撃機会を無駄にするということは珍しくない。

しかも、麻痺や怯みが連なって起こってくれたおかげでかなり助けられた気がする。

ひいき目なしに見て、もう一度同じことをやれと言われても難しいだろう。

ほんのわずかなタイミングの違いだけで結果が変わる。そのぐらい、今回の狩猟は波間に揺れる木の葉のようにたゆたうようなバランスの上に成り立っていたのだ。

もう小さな点としてしか見えなくなったセルレギオスを見送ってＦＢは感慨に浸って

いた。

しかし、唐突に、あることに気づく。

「見送って……？」

自らの行動を口に出してみて、次の瞬間、愕然《がくぜん》となった。

「……わ！　ちょちょちょ、ちょっと待て待て待て！　今回、逃がしちゃ駄目じゃん！　これだと、ここにセルレギオスがいたって証明になんねぇじゃん！」

肝心なことを思い出してFBは思わず絶叫する。

古龍観測所の気球も、何かモンスターがいたことはわかったようだが、セルレギオスがいたとはわかっていない様子だった。

ハンターズギルドが人員を派遣してくれることになったとしても、肝心なセルレギオスが逃げてしまっては意味がないのではないだろうか。

「なにぃ!?　じゃあ俺達骨折り損のくたびれもうけってわけか！」

「まぁ、俺達らしいといえば、らしいか」

きっくんは慌て、あろまほっとは諦めの境地に至っている様子である。そしてエオエオは、相変わらずマイペースで、地面に座り込んでごそごそと何かを掘り返していた。

ここまできた記念に、何か採集《さいしゅう》でもしているのだろうか。

どうするかなぁ、と考えてもさすがになんの知恵も出て来ないFBであった。

ギリギリの攻防となったセルレギオスに対して、辛うじて撃退という形で狩猟を終えたＦＢ達だったが、ドンドルマではもう一つ、とても厄介《やっかい》な問題が待ち構えていた。

ある意味で、ＦＢ達にとってはモンスターの狩猟よりもずっと手強く、苦手な問題である。

4

ところが、「このままばっくれちゃおうかなぁ」などと不謹慎なことを考えながらも、一応ドンドルマに帰り着くと、街に入ると同時に速攻でマキシに見つかってしまったのである。

実のところ、街の中をちょっと歩いてみて出会わなければそのまま旅に出てもいいかもしれないと、半ば運試しのようなことを考えていたりいなかったりしたのだが。

実際、これだけ大きな街だと、双方が一定の生活範囲を築き、尚且《なおか》つそれがかなり接近してでもいなければ会わないまま終わることは珍しい話ではない。

「だぁ……」

もう少し、事態をなんとかうまくまとめる方法……有《あ》り体《てい》に言えば、ＦＢ達がうまい具合に状況を切り抜ける方法を考えつく時間があるかと思っていたのだ。

「マキシ、あ～、なんだ、ただいま」

相変わらず、深刻な顔をして出迎えるのかと思いきや、マキシの表情は予想外に明るいものだった。

「な、なんだ、どうかした？」

「兄ちゃん達、ありがとう！」

「は……？」

結局、セルレギオスを取り逃がしたという事実を知らないのか、と考えかけてＦＢは自分の考えを否定する。

そもそも、ＦＢ達がセルレギオスに再び遭遇できたということを知るためには、ギルドからの報告を聞くしかないわけだが、ギルドから話を聞いていればＦＢ達がセルレギオスを取り逃がしたことも一緒に聞いているはずだ。

そもそも、あの時の気球はセルレギオスがセルレギオスだとわからなかったはずである。であるならば、マキシはＦＢ達が旧砂漠で何をやってきたのか、知る術《すべ》がないということになる。

ならばやはり、マキシのこの表情がわからなかった。

「あのさ、なんか聞いてる？」

ＦＢの問いかけに、マキシは大きく頷いた。

「聞いたっていうか、すごいことになってるんだよ！」

細かいことを教えてもらえなければ、ＦＢ達は混乱するばかりである。見れば他の三人もしきりに首をひねっていた。

「兄ちゃん達が旧砂漠でモンスターとやり合っていたところを、古龍観測所の気球が見てただろ？」

「ああ、確かに見てた。けど、セルレギオスのことはわからなかったみたいなんだぜ。で、付け加えるとだね……」

ここまできてしまえばもはや隠すことはできないと、ＦＢは素直にセルレギオスを取り逃がした事実を伝える。

「そっか。それは、残念だけどさ、でも正体不明のモンスターがいるらしいことが、近くを通るキャラバン隊とか旅人とかに伝わったんだ。危うく旧砂漠に入るところだったけど、それを聞いて踏みとどまったんだって！　役に立ったんだ！」

嬉《うれ》しかったのか、マキシは矢継ぎ早にそう告げた。

正体不明のモンスターがいる、その情報だけでハンターズギルドは無駄足を承知で動いてくれるらしい。

誰かの役に立てたことが余程嬉しかったのか、マキシは目を輝かせていた。

旧砂漠に見たこともないモンスターがいたこと自体はどうやら真実らしいとわかり、

マキシの嘘つき疑惑は一旦《いったん》棚上げの状態になったらしい。

もちろん、ＦＢ達がセルレギオスを討伐できたのなら望ましいのだが、ＦＢ達がマキシを信じてあの場所に駆けつけ、そうしてセルレギオスとやり合っていたからこそ、その存在が明るみに出たのだ。

そのことをマキシは感謝しているらしい。あろまほっとが最初に言っていた通り、確かに今回のＦＢ達の目的は、厳密にはセルレギオスを狩猟することそのものではないというのは大当たりだったわけである。

「そ、そうか……」

どうやらマキシを嘘つきにしてしまわずにすんだらしいとわかり、とりあえず安堵の息を吐き出した。

「そうだ、じゃああれは役に立つかな」

ＦＢはあることを思い出し、後ろを振り返る。

「エオエオ、あれをマキシに渡してやれよ」

「ああ、そうだね」

意図はすぐ伝わり、エオエオは自分の荷物から布に包んだものを取り出した。

「はい、これ」

マキシは受け取るが、意味がわからない様子で不思議そうにしている。

「これさ、セルレギオスの鱗なんだ」

「えぇっ⁉」

逃がしはしたが、あろまほっとがセルレギオスの背に飛び乗り横倒しにした衝撃で、砂の上に落ちていたそれをエオエオが拾っていてくれたのだ。

「これ一枚じゃ、大したことはわからないかもしれないけど、調べてもらえば、何かの足しにはなるんじゃないかな」

マキシは受け取った包みを慎重にほどくと、その中に入っていた鱗を慎重に取り出した。刃物のように鋭く尖った、特徴的な形の鱗だ。

「おっと、うかつに触ると手が切れるぞ。気をつけて扱えよ」

「あ、うん！　いいの？　これを俺がもらっちゃっても？」

「ああ、まあ、この街で出会えた記念だ。貰ってくれ」

しばらく手元の鱗とＦＢ達の顔を交互に見ていたマキシだったが、弾けるような笑みを浮かべて顔を上げた。

「ハンターズギルドに渡して調べてもらうよ！　兄ちゃん達、まだしばらくこの街にいるだろ？」

そう問われてＦＢは少し考え込んだ。

そもそもこの街には気まぐれで立ち寄っただけだ。最初の、いっちょこの街の楽士がどんなものなのか見物して回ってみっか、というモチベーションもすっかり下がっている。

そのモチベーション自体、にわかに盛り上がったものなのだから、盛り下がるのも早いのだ。

とはいえ、今回の事の顚末《てんまつ》はやはり気になる。

「そうだな、もう少しだけこの街にいるか。まあ、その鱗の調査結果が出るぐらいまでかな」

「うん、セルレギオスの話、聞かせてくれよな！」

マキシはそう言って、ハンターズギルドに鱗を届けるために、その場を後にするのだった。

エピローグ

マキシがハンターズギルドに依頼してからしばらくが経《た》った。

FB《エフビー》達四人が持ち帰ってくれた鱗《うろこ》は、結局、期待通りの結果をもたらすというわけにはいかなかった。

さすがに鱗一枚では、モンスターの正体を確定させるだけの証拠になり得なかったのである。

出た結果は、いくつかの候補がありながらも、どのモンスターのものなのか結論が出なかったのだ。一部の専門家の間で注目されたものの、そこ止まりである。

マキシがセルレギオスのものだと訴えたおかげで、真っ先にマキシが提出した鱗とセルレギオスのそれとが一致するかを調べてもらえたが、結果としては、否定する要素は見つからないものの断言するまでには至らなかった。

それでもハンターズギルドは急ぎ旧砂漠《きゅうさばく》に人を派遣してくれた。

生き物というのは、そこにいるだけで無数の痕跡《こんせき》を残す。

命をつなぐために何かを摂取しなければならない。草食性なら草や樹木に齧《かじ》った跡が残るだろうし、肉食性なら捕食された動物の死骸《しがい》が残る。

栄養を摂取すれば排泄《はいせつ》物が出るだろうし、食べ物を求めるために歩き回れば足跡が残る――砂漠であろうと、岩場や風の影響が少ない洞窟の中なども行動範囲に入っていることを考えれば、セルレギオスほどの大物ならば何かが見つかる可能性は充分ある。

ハンターズギルドは大きな組織だが、それでも割ける力には限りがある。まずは旧砂漠に何かがあると、調査する気になってもらわなければはじまらなかったのだ。

そして、ハンターズギルドが動いてくれた。

マキシは興奮を隠しきれずに結果を待ったのだが、その結果は、やはり芳《かんば》しいものではなく、立ち去ってしまったというセルレギオスの痕跡を発見することはできなかった。

大多数の痕跡が、砂漠の砂に飲み込まれて消えてしまっていたのだ。それでもわずかになんらかのモンスターがそこにいたらしいことだけは証明された。

しばらく旧砂漠に対する緊張が高まったのだが、結局セルレギオスが再び旧砂漠に姿を現すことはなく、状況はやがてうやむやのまま沈静化していった。

モンスターは大きな問題だが、大型モンスターが現れたという話は街の人達にとってそれほど珍しい話題ではなく、直接旧砂漠を通りかかるのでもなければすぐに他の話題や日々の生活に関《かか》わる関心事に埋もれ忘れ去られてしまう。

野生の生物を相手にしている以上、空振りは珍しいことではない。だからマキシも必要以上に落胆することはなかった。

ハンターズギルドが「何かはいたらしい」ことを確認してくれたおかげで、マキシの嘘《うそ》つき疑惑は完全に払拭《ふっしょく》された、それだけで当面は充分である。

大人達は忙しい日常に追われ、マキシが何かちょっとしたいたずらをしたかな、という程度の印象を残してすぐに忘れてしまった。

同世代の少年達にとっては、一時的なことだったとはいえ大人が注目する活躍をしたマキシを無視できなくなったが、そこは手のひらを返すように親しくすることは気恥ずかしいのか、微妙な緊張感を保ちながらも日々距離が縮まっていく気配を感じていた。

そしてマキシの疑いを晴らしてくれた四人がドンドルマを後にする日がやってくる。

旅立ちの朝、マキシは彼らの見送りに駆けつけた。

時間はまだ早い。

あれから、四人も持ち前の人懐っこさであっという間に街の人達に溶け込み、調査結果が出るまでに何人もの知人を作っていた。

あたりを見てもマキシ以外に見送りの姿はない。

今日中に次の街にたどり着きたいからとのことだったが、案外、他の人達に見送られるのが気恥ずかしかったのかもしれない。

「おはよう！」

街の出口のところで追いつくと、四人は足を止めて振り返る。

来た時と同じ、それぞれの装備にヘルムだけ脱いでサングラスや般若面《はんにゃめん》やニットの覆《ふく》面《めん》を被《かぶ》ったスタイルであった。

もちろん、きっくんは一人裸――インナー姿である。

「よう！　早いな」

自分はもっと早く起きて出発の準備を整えただろうに、ＦＢはそうやって笑いながらマキシを迎えた。

「見送りごくろう！」

きっくんはいつもの明るいノリで、

「どうせ見送りなら美人のお姉さんが……まあ、無理か」

あろまほっとはキョロキョロとあたりを見回し見送りがマキシ一人であることに気落ちし、

「こうしている間にも、お腹《なか》が減っていく……」

エオエオは身も蓋《ふた》もないことを言って場にいる全員をげんなりさせてくれた。

「兄ちゃん達、ありがとな！」

四人に出会えなければ、きっとマキシは嘘つき呼ばわりされたままだっただろう。別のハンターに出会うことはあったかもしれない。だとしても、そのハンター達はここまで何度も、旧砂漠に出かけて行ってセルレギオスと遭遇するまで粘ってくれなかったかもしれない。

親切なハンターなら一回ぐらい旧砂漠まで足を運んでくれただろう。だがそこでドスガレオスを発見して「なんだ、見間違いだったんじゃないか」とあっさり判断してそれで終わりだ。

「気にするなって、俺らは俺らがやりたいことをやってるだけなんだからさ」

気恥ずかしそうに、鼻先をかきながらFBはそう言う。

「でもよかったな。君が頑張ってなかったら、お前の父さんが旧砂漠に踏み込んでたかもしれないんだろ？」

「うん」

実は、マキシにとってそれが一番嬉しかった。

マキシの父親は行商人である。今も各地を転々としながら仕事をしている。FB達がセルレギオスとやり合っていた頃、ちょうど父親は旧砂漠を通ってドンドルマに戻ってくる予定をしていた。

ところが旧砂漠に正体不明のモンスターが出没しているという情報が届き、数日予定を遅らせて様子を見ていたのだ。

予定通りに旧砂漠を通っていたとしても、マキシが目撃したときと同じように無事にやり過ごせたかもしれない。

しかし、そうではなかった可能性も、もちろんある。

たら、れば、を言い出せばキリがないが、役に立たなかったと思っていたモンスター好きという気持ちが役に立った。役に立った可能性がある。

誰かに認めてもらうのではなくて、自分で意味がないのかもしれないと思っていた自分自身のこだわりが役に立ったと実感できた、そのことが何よりも嬉しかった。

「じゃあ、諦《あきら》めんなよ」

「え……？」

ＦＢが何を言っているのかがわからずに、マキシは首を傾《かし》げる。

「俺はもちろん、お前の事情はよくわからない。だから好き勝手言っちゃうけどさ。商人にならないのは難しいって言ってたろ？　でもさ、商人になるから学者になれない？　学者になるなら商人になれない？　そんなの誰が決めつけてんだよ？」

とっさには、答えられなかった。

「別に、商人やりながらでもいいじゃん。自分のやりたいことは、自分がやりたいようにやりゃいいんじゃねぇか？　かっくいーじゃん、商人なのに学者ばりにモンスターのことを知ってる奴がいたらさ」

答えられなかったが、代わりに気づいたことがある。ＦＢの口調がいつの間にか、まるで仲間に対する時のように砕けたものになっていた。他の三人がマキシを見る目も、最初とは違う。

少しは親しい相手と認められたのだろうか。だとすれば、彼らの中にわずかでも自分の居場所があるなら、これ以上嬉しいことはない。

「確かに面白そうだ！　俺も目指そうかな、ハンターやってるのにモンスターの知識をよく知ってる漆黒《しっこく》の堕天使《だてんし》！」

「いや、俺らはモンスターのことよく知ってるのが基本だから。必須だから。……というか、頼むから勉強して」

きっくんに、あろまほっとが突っ込みを入れる。

「まあ、あいつは放《ほ》っておいていいから」

ＦＢは苦笑しながら続ける。

「俺らもな、これからだってハンターとしてやってくし、ハンターを腰掛けみたいに考えてないし。でもいつかは楽士《がくし》になってアリーナ満員にしてやるし。全部本気なんだぜ！」

「え、そうなの？」

エオエオが初耳、という感じで聞き直した。

「いいとこなの！　これからいいこと言う予定なの！　君はもう、何も考えなくて良いから黙っててね」

「てか、自分でいいこと言うとか、ＦＢってば恥ずかしい」

強烈な交差法《カウンター》を食らってガックリと肩を落としながらも、ＦＢは続けた。

「だから、お前も頭だけで考えて、自分を型にはめずにさ、もっと肩から力を抜いて、好き勝手やりゃいいじゃん！　そのときそのときで、面白いかもと思った方に突っ走りゃいいんじゃねぇの？」

「暴走だったりしてな」

あろまほっとが突っ込む。

「うむ、その可能性は捨てきれない。まあ、ご使用は自己責任でお願いします」

笑いながら、ＦＢはぽんぽんとマキシの肩を叩《たた》く。

「なんにしても、もっと楽しくやろうぜ！　何もかも思い通りにはいかないかもしれねぇけどさ、それでもその場その場でやれることをやれるように、自分の気持ちが赴くままにやりゃいいじゃん」

そうやって、ＦＢ達は過ごしてきたのだろう。

マキシが何よりも感謝しているのは、マキシの言葉を信じてくれてセルレギオスに立ち向かってくれたことだけではなく、こんな言葉や彼らの生き方に触れることができたこと。そして彼らのように生きたいとそう思わせてくれたことだった。

だからマキシはもう、白か黒かの簡単な二元論で夢を諦めるつもりはない。

商人にはならなければならないだろう。それでも、だからといってモンスター博士の道を諦める必要はない。

行商に出るならば、きっとモンスターの知識は役に立つ。

半端なことはしない。

一流の商人になって、そして一流のモンスター博士になる。きっと難しいのだろう。それでも自分のやりたいことをまっすぐやっていられるのならば、その道は厳しくてもきっと、楽しいものに違いない。

「じゃあな、元気で！」

「俺らのことを忘れんなよ！」

「俺らが楽士になったら、友達山ほど引き連れて聴きに来いよ」

「とりあえず……、えぇと、………みんなずるいよな。俺が言うことなくなっちゃったんですけど。……まぁ、美味《おい》しくご飯が食べられるように頑張れ。……イマイチだな」

それぞれの言葉を残し、彼らはドンドルマをあとにした。

きっとまた彼らは戻ってきてくれるはずだ。だから今、別れの言葉は口にしない。

「今度は俺がやるからっ！　俺が、自分の力でセルレギオス見つけるからっ！」

簡単に諦めない、彼らの姿を見て強くなれたことを証明するために、そんな約束をした。そして今はただ大きく、力一杯に手を振って、彼らを送り出すのだった。

完

M.S.S Project あとがきインタビュー

■『モンスターハンター』との出会いについて

FB777《エフビースリーセブン》（以下ＦＢ）：僕らは大体『MHP2ndG』から始まってるんですね。KIKKUN《キックン》だけ——

KIKKUN-MK《マーク》-Ⅱ《ツー》（以下KIKKUN）：『フロンティア』から。

ＦＢ：そう、『フロンティア』から。僕らが実況を始めたときに四人でやったのが初めてだったよね。僕ら三人は前々から『MHP2ndG』から入ってて、でもそのときは三人でやってたわけじゃなくて大体一人でやってて……だから結局四人で狩友し始めたのは『フロンティア』かな？

KIKKUN：あ、『MHP2ndG』は俺やってない。『MHP3rd』からかな。

ＦＢ：そうそう、だから『フロンティア』から初めて『MHP3rd』、『MH4』、そして今『MH4G』に至るという感じですね。それでも『モンハン』は四人でできるというところが人数的にもちょうどよくて。

eoheoh《えおえお》：うんうん。

KIKKUN：もうやるしかない、と。

F　B：そうそう。ゲーム的にも四人で力を合わせて一人を？……一匹？……一頭を？……。

KIKKUN：え、なに⁉（笑）

あろまほっと（以下あろま）：んん？

eoheoh：フフフ

F　B：いやいや、一頭の強大なモンスターを狩るというね、そこが僕らのハートに火を点けたのかな？とね♪

KIKKUN：……そう……なりますかね…………。

一　同：だはははははは！（笑）

eoheoh：『MHP3rd』から「アドホック・パーティー」に接続すればオンラインでやれるようになったんですよ。『MHP2ndG』のときまではアドホックでその場で集まらないといけなかったんで四人でできなかったんですけど。『MHP3rd』で初めてオンラインでできるということになって、やっとそこで〝ＭＳＳＰ〟でやれるように。
Ｆ　Ｂ：やったねえ。
eoheoh：それで実況が始まったという感じもありますよね。
一　同：（うなずく）
KIKKUN：すごくやりやすかったもんね。
あろま：手軽にできたのが良かったよね。

——そうすると一番『モンハン』歴の長い方というのは？

一　同：う〜〜〜〜〜〜ん
あろま：（eoheohとうなずき合いながら）どっちかだと思うんですよね。歴はちょっと確かではないですが一番最初に始めたのは……。
Ｆ　Ｂ：そうだね。
KIKKUN：eoheoh?
eoheoh：『MH2《ドス》』だっけ？　でも『MH2』はそこまでやってないから、長くやってるのはそっちの二人かな。
Ｆ　Ｂ：うん、トータルで考えれば俺かな？

KIKKUN：うん

F　B：累計時間で言えば僕かな。１０００時間超えてますし。

■今回のコラボノベル企画をオファーされたときのお気持ちはいかがでしたか？

F　B：やっぱりですねえ、マジかよ！と（笑）

一　同：うんうん。

あろま：そうそう、冗談じゃないよ？と。

F　B：冗談じゃないよ!?

一　同：だはははははは！（笑）

あろま：（机を叩きながら）冗談じゃないヨ！　なんで俺が『モンハン』の仕事やんきゃなんねえんだよ！

KIKKUN：怒ってんの!?

一　同：だはははははははは！（笑）

F　B：なんで怒ってんの（笑）。

KIKKUN：よろこべよ～（笑）
あろま：えへへ
F　B：いや、でもほんとうにマジか！と。
KIKKUN・あろま・eoheoh：うん（深くうなずく）。
eoheoh：絶対予想はできなかったもんね。
F　B：僕らも何年も『モンハン』をプレイしつづけて、まあ実況もしつづけて……。
KIKKUN：うん。
F　B：思い入れのあったゲームなんで『モンハン』の世界に僕らがねえ。
あろま：うんうん。
F　B：小説として入ってしまうという、こんなことが起こってしまうとは！
KIKKUN：俺、聞いたとき転んだもん。
F　B：ん？　フフフ。
KIKKUN：ステーンって。ステーン！　そしてウソでしょう⁉って。
F　B：うん、それウソだから（笑）。
一　同：だはははははは！（笑）
KIKKUN：……はい。それは、ウソです（キッパリ）。
一　同：あはははは（笑）

F　B：でも、同時にどういう〝かたち〟になるのかなあと思いましたね。
あろま：ああー（何かに気づいたように）。
eoheoh：うんうん（笑）。
KIKKUN：そうだねえ、同時にどういう風（意味深）になるのかと。
F　B：そうそう。僕らは現実にいるので、どういう風になるのかとねえ（意味ありげに）。
KIKKUN：（爆笑して）今なんですんなり言ったんだろうね。つっこんでくれると思ったんだけど？
あろま・eoheoh：んふふふふふふ（笑）
F　B：あははははははは！（笑）

■イラストのキャラクターデザインを最初に見られたときはいかがでしたか？

F　B：単純に〝カッコイイ！〟でしたね。
KIKKUN：カッコイイっすねえ〜。もう何も文句ないもんね。

F　B：僕は大体ゲームでキャラクターを作るときは、自分に似せるんじゃなくて自分の好きな感じのキャラクターを作ってしまうんで。たとえば、きっくんだったら……ハゲだ！（笑）

一　同：だははははははは！（笑）

KIKKUN：ああー黒人のハゲね！

F　B：僕だったらジジイっぽいキャラで自分には似せないので基本的に。

あろま：そうだね。

eoheoh：うんうん。

F　B：だから今回は、僕らがカッコイイ装備を着て狩りをするというイラストなんで、それを初めて見た時「おお、カッコイイ！」と思いましたね。それに僕らのちょっとした仕草もイラストで再現されていて――。

KIKKUN：（あらためて手元のイラストを見て）いいねえ。

一　同：うんうん。

――あろまさんとeoheohさんは、ほぼそのままのデザインでしたね。

あろま・eoheoh：そうですね（笑）

eoheon：なんかヘルメットとかで隠すのかなと最初思ってたんですけど、でも普通に覆面を適応してくれたんで、まさかまさかという感じで。

あろま：そうそう、でも本文でも突っ込まれてたじゃん。「ここまで顔を隠すんだったら兜《かぶと》被ればいいじゃん！」て（笑）。

一　同：だはははは！（笑）

eoheon：そのとーりだよ！　飲み物飲むときも後ろ向いたりして（笑）。

Ｆ　Ｂ：それはポリシーなんだね。楽士《がくし》という設定だから彼らなりの。

あろま：カンケーなくないか？　それ!?（笑）

一　同：だはははは！（笑）

KIKKUN：たしかにカンケーねえ（笑）。

eoheon：ポリシーだからね！

KIKKUN：そこはこだわるところだったんだね。

Ｆ　Ｂ：やっぱバンドメンは格好が重要だから。

KIKKUN：そうだね。（小声で）バンドメン……。

一　同：（笑）

■作中でここは気に入ったというところはどこですか？

KIKKUN：やっぱ裸族《らぞく》！　『裸族？　インナーだよ！』のところが（笑）。

一　同：だはははははは！（笑）

eoheoh：あのくだりはけっこういろんなところで出てくるからね。

KIKKUN：だけど、なんでしょうね。自分たちがワチャワチャしているところが何箇所もあって、それがホントいいなって。実況動画を観ている感覚にさせられるという箇所がいくつもあって、そういう部分が今回の小説になってよかったなって。一番のポイントかなあって実感しますよね。ああ、自分たちだなあって。

F　B：あとはやっぱり中盤から終盤にかけてセルレギオスとのシーンがね。狩りのすべての細かなところが描かれているところが感動しましたね。これをやって、これをやって、そして罠《わな》をしかけてみたいな。

eoheoh：本当に描写が細かいよね。

Ｆ　Ｂ：そうそう、ほんとセルレギオスとのシーンは見逃せない。
あろま：あとはそう、きっくんがスラシュアックスの斧《おの》モードと剣モードの特性を理解しているかのような描写のところ！
一　同：だははははは！（笑）
KIKKUN：してるんだよ！（笑）
Ｆ　Ｂ：あと、きっくんはやっぱりアイルーに連れられて行く。
KIKKUN：あ〜いいねえ。あそこもいいよねえ（笑）。
Ｆ　Ｂ：ちゃんと連れられて行く理由まで細かく！（笑）
あろま：三分の一持っていかれる。
KIKKUN：そういう契約だったんだー！　って（笑）。

■最後に、本作『天地カオスな狩猟奏』の読者にメッセージをお願いします。

Ｆ　Ｂ：では僕から。今回の本をお読みいただきありがとうございました！　〝M.S.S Project〟が『モンハン』の世界に入って、そしてこの小説の中で活躍できて、僕らも凄く嬉しく思ってます。しかも、相手が『MH4G』のパッケージモンスターであるセルレギオス！　そのセルレギオスを撃退《げきたい》！……だよね？

あろま：さっきは撃墜《げきつい》って言ってたよね。

一同：だははははは！（笑）

KIKKUN：堕《お》としたんだ！（笑）

F　B：――撃退というかたちではありますけども⁉　まあ結果的にはクリアですもんね？

一同：うんうん。

F　B：最後はクリアという形で飾れて嬉しいですね。僕らの実況動画を観てくれてる方もまだ観たことがない方も〝M.S.S Project〟ってこういう人たちなんだってことを今回の作品でも認識していただけたんだじゃないかなと思います。この作品でまた僕たちのことを知っていただけて嬉しいと思います。ありがとうございました！

あろま：小説を読んでくれた人たち。我々を知ってか知らないでかわからないですけども、我々のことを知っている人たちも読んでくれたのだと思うんですけども、四人のキャラクター性がそろって完璧と言えるくらい再現されています。

僕らの実況動画を観てくれている人ならば、やっぱりここはこうなるよねーという描写がものすごくあって本当に実況動画を観ている感覚で読み進めていけると思うので、けっこうスラスラと読んでくれたのではないかと思います。ありがとうございました！

KIKKUN：今回のコラボは、僕らは本当に驚きだったし……なんでしょうね、人生のハッピーな出来事の頂点に達してるんじゃないかなというくらい大きなお話だったんで、このコラボを発表したときにファンの皆さんも凄くよろこんでくれて。で、やっぱりそういう気持ちってまだ知らない人たち——僕らのことだったり『モンハン』だったりを知らない人たちに少しでも伝えられたらいいんじゃないかな。そしてまたこの続きができたらいいんじゃなかかな。こう、なんというか偉い人たちが……。

一同：だはははは！（笑）

KIKKUN：偉い大人の人たちが「いいんじゃね？」と！

一同：だはははは！（笑）

KIKKUN：内容も本当に素晴らしいと思いました。ゲーム実況の空気感ていうのが凄く盛り込まれていて。そこから逆に小説からゲーム実況っていうのはこういうものなのかなっていうのを嗅《か》ぎ取《と》ってくれたら、それは凄い！　そんな作品はどこにも存在しないと思うので、その第一歩になると考えるだけで感慨深いなと思います。なので……あとは――もう、………読め！（笑）

一　同：だはははははは！（笑）

Ｆ　Ｂ：もう読んでるから（笑）。

あろま：あとがきだから（笑）。

KIKKUN：そうか、読んでるか！　じゃあ……読んだんだな（諭《さと》すように）。

一　同：ンフフフフフ（笑）。

KIKKUN：ありがとうございました！

eoheoh：僕らのことを知ってる人も知らない人も、お読みいただいてどうもありがとうございました！　こんなかたちで僕らもコラボができるとは思ってもみなかったので、ビックリしたことと同時に『モンハン』をプレイしていて良かったなあと。こうして小説も出ましたので、凄く嬉しく思います。僕らが小説の中でやっていることは普段ゲーム実況でやっていることと同じようなことが多いので、知らない人たちにはこういう人たちなんだなという事と、知ってる人たちから見ると「あるある」みたいなところがけっこうあると思いますので楽しめたかと思います。あとは今回の小説が本当にいい感じになれば、また次も出るかもしれないなと、えへへ（笑）。

一同：へへへへへ（笑）。

eoheoh：もし次回出たときもよろしくお願いします！

KIKKUN：よろしくぅ！

あろま：よろしくぅ！

FB：よろしくぅ！

一同：だははははは

――実は、もう氷上《ひかみ》さんのあとがきにも『新シリーズ開始！』って書いちゃってあるんですよ（笑）。

一同：えええええ!?

FB：やる気満々!?

KIKKUN：新シリーズ!?

一同：だはははははは

あとがき

初めましての皆様も、お久しぶりの皆様も、毎度おなじみの皆様も、ここまでお付き合いいただきありがとうございました。本企画、執筆担当の氷上慧一《ひかみけいいち》でございます！

今回は特に、初めましての方が多いかもしれないですねぇ。

それもそのはず、今回の企画はタイトルにもある通り、『モンスターハンター』のノベライズであると同時に、ネットの動画サイトでゲーム実況や音楽制作など多岐に亘って活躍をしておられる「M.S.S《エムエスエス》 Project《プロジェクト》」（以下、ＭＳＳＰ）のみなさんとファミ通文庫がコラボレーションした作品になりました。

なんと、ＭＳＳＰのみなさんに物語の中の登場人物として出演していただき、『モンスターハンター』の世界で暴れまわってもらうというファミ通文庫ならではの大胆な試みになっております。

このお話を最初に頂いた時、書き手として面白そうだと思う反面、正直に言えば途方に暮れたという気持ちも若干存在しました。

氷上ごときの筆力で果たしてＭＳＳＰのみなさんの魅力を伝え切れるものだろうか！ファンのみなさんの目にどう映るんだろうか！（ガクガクブルブル）

いや、書く必要などない！　四人に勝手に動いてもらえばそれで一本小説が完成するに違いない！　わ〜ぉ、今回楽チンじゃん！

……………あれ？

いやいや、嘘《うそ》です！　ちゃんと真面目に頑張っておりますよ！

なんだか、四人の掛け合いを書いている余韻《よいん》が残っているのでしょうか（笑）

冗談はともかく、この本を手に取っていただいたみなさん、楽しんでいただけましたでしょうか？　もしよろしければ今後も応援よろしくお願いいたします！


さて、ここからはいつも通り御礼のコーナーへと移りたいと思います。

まずはもちろん、今回の企画に協力していただきましたMSSPの皆様、先日はお忙しくされている中、時間を作っていただきありがとうございました。

そしてカプコンの皆様、今回は年末進行も絡んでいたためチェックや確認事項でお手間をかけてしまいました。おかげでどうにか一巻発売までこぎつけることができました。ありがとうございます。また、今後とも、よろしくお願いいたします。

イラストの布施龍太《ふせりゅうた》様、ご無沙汰《ぶさた》しております。また挿絵をつけていただけるとのこと、よろしくお願いいたします。お互い頑張りましょう。

担当のK﨑様、ギリギリのところをどうにか通り抜けていけるのも、編集部の皆様のバックアップのおかげでございます。今後とも、お引き立てのほどよろしくお願いいたします！

そして新シリーズ開始とともに、お付き合いいただいている読者の皆様に、誰よりも大きな感謝を！


そして、最後に少しだけお知らせがあります。

実は今回の『天地カオスな狩猟奏《カルテット》』とは別に、ファミ通文庫さんでは『4G』のノベライズとしてはもう一つ、西野吾郎《せいのごろう》さんが執筆されるシリーズが展開する予定です。

こちらは本書が出た次の月、二〇一五年二月発売予定です。

またさらに次の月、三月には複数の作家さんによるアンソロジー小説が発売されます。

こちらには氷上も一編書かせていただいているので、もしよろしければ手にとってみて下さいませ！

二〇一五年はモンハンラッシュですねぇ。

テイストの違う三種類の『モンスターハンター』をお楽しみいただければ幸いです。

ではでは、再びお目にかかれることを願いつつ、今回はこのへんで失礼いたします！

二〇一四年一二月某日　氷上慧一

■ご意見、ご感想をお寄せください。
ファンレターの宛て先
〒104-8441　東京都中央区築地1-13-1　銀座松竹スクエア　エンターブレイン ファミ通文庫編集部
氷上慧一先生　　布施龍太先生

■ファミ通文庫の最新情報はこちらで。
FBonline　http://www.enterbrain.co.jp/fb/

■本書の内容・不良交換についてのお問い合わせ。
エンターブレイン カスタマーサポート　0570-060-555
（受付時間 土日祝日を除く 12:00～17:00）
メールアドレス：support@ml.enterbrain.co.jp　※メールの場合は、商品名をご明記ください。

FBファミ通文庫

モンスターハンター“M.S.S《エムエスエス》 Project《プロジェクト》×ファミ通文庫《つうぶんこ》”コラボノベル
天地《てんち》カオスな狩猟奏《カルテット》

M12
9-1
1394

2015年2月10日　初版発行

著　者　M.S.S《エムエスエス》 Project《プロジェクト》 with《ウイズ》 氷上《ひかみ》慧一《けいいち》
発行人　青柳昌行
編集人　三谷 光
発　行　株式会社KADOKAWA
〒102-8177 東京都千代田区富士見2-13-3
電話 0570-060-555（ナビダイヤル）
URL:http://www.kadokawa.co.jp/
企画・制作　エンターブレイン
〒104-8441　東京都中央区築地1-13-1　銀座松竹スクエア
編　集　ファミ通文庫編集部
担　当　川﨑拓也
デザイン　寺田鷹樹（AFTERGLOW）
写植・製版　株式会社オノ・エーワン
印　刷　凸版印刷株式会社

定価はカバーに表示してあります。

ISBN978-4-04-730233-4　C0193

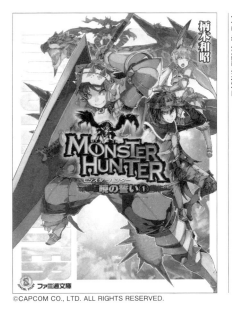

モンスターハンター フロンティアG
灼熱の刃III

既刊 1〜2巻好評発売中！

著者／氷上慧一
イラスト／貞松龍壱

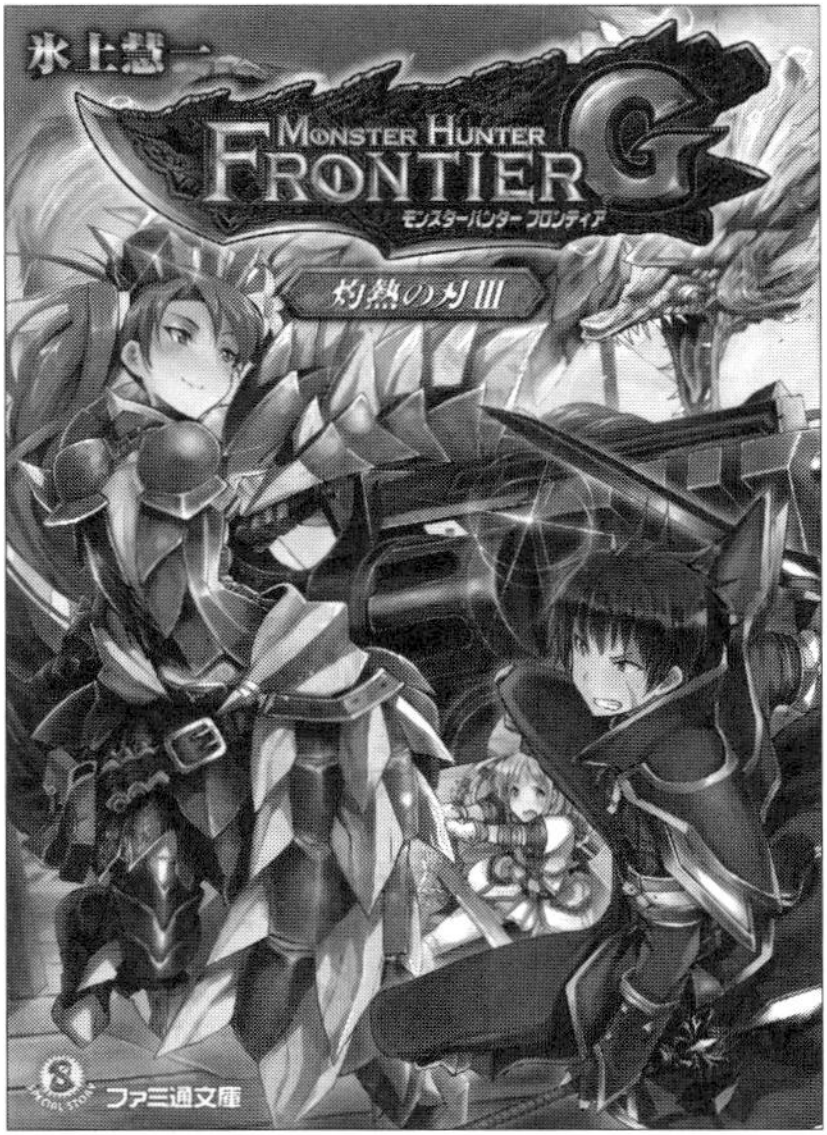

全天を総べる恐るべき力——天翔龍、翔来

凄腕ハンターの仲間入りを果たした《灼熱の刃》。ある日モンスターの異常な動きを感じ取ったハンターズギルドが、大型探査船を整備し、調査隊の編成を始める。そこでディノは、昔馴染みのヘビィボウガン使い、イルマリスと再会し……。大人気オンラインゲームノベライズ！

ファミ通文庫